O CARGUEIRO SENTIMENTAL

O CARGUEIRO SENTIMENTAL
CESARE BATTISTI

Tradução
Dorothée de Bruchard

martins fontes
selo martins

© 2015 Martins Editora Livraria Ltda., São Paulo, para a presente edição.
© Cesare Battisti, 2002
Esta obra foi originalmente publicada em francês sob o título
Le cargo sentimental por Cesare Battisti.

Publisher	*Evandro Mendonça Martins Fontes*
Coordenação editorial	*Vanessa Faleck*
Produção editorial	*Susana Leal*
Capa	*Paula de Melo*
Ilustração (capa)	*Vitorino*
Preparação	*Luciana Lima*
Revisão	*Renata Sangeon*
	Julio de Mattos

Dados Internacionais de Catalogação na Publicação (CIP)
(Câmara Brasileira do Livro, SP, Brasil)

Battisti, Cesare
 O cargueiro sentimental / Cesare Battisti;
tradução Dorothée de Bruchard. – São Paulo:
Martins Fontes - selo Martins, 2015.

Título original: Le cargo sentimental
ISBN 978-85-8063-246-0

1. Romance italiano I. Título.

15-06304   CDD-853

Índices para catálogo sistemático:
1. Romances : Literatura italiana 853

Todos os direitos desta edição reservados à
Martins Editora Livraria Ltda.
Av. Dr. Arnaldo, 2076 01255-000
São Paulo SP Brasil Tel.: (11) 3116 0000
info@emartinsfontes.com.br
www.emartinsfontes.com.br

SUMÁRIO

Capítulo 1 07
Capítulo 2 15
Capítulo 3 23
Capítulo 4 27
Capítulo 5 31
Capítulo 6 37
Capítulo 7 47
Capítulo 8 59
Capítulo 9 65
Capítulo 10 69
Capítulo 11 79
Capítulo 12 97
Capítulo 13 103
Capítulo 14 119
Capítulo 15 133
Capítulo 16 137
Capítulo 17 153
Capítulo 18 161
Capítulo 19 171
Capítulo 20 177

Capítulo 1

Quando eu era pequeno e os adultos contavam histórias, havia palavras que eu não entendia. Eram histórias de adultos e, de tanto repeti-las, mesmo quem contava já não prestava atenção no que dizia. Naquele tempo, pouco importava, para mim, compreendê-las; escutava sua música, e era o que me bastava. Mais tarde, julguei desnecessário dar um sentido àquelas palavras – ou acabaria por matá-las. Foi o que aconteceu com mais de uma lenda do rock. Suas guitarras urrantes me esfolavam a alma. Achava que eram todos poetas. E, assim que comecei a arranhar um pouco de inglês, os mitos foram caindo feito moscas. Não devíamos estragar assim esses paraísos, que são tão raros.

O que vale é a música.

As histórias que me contavam, devo admitir, eram um tanto inverossímeis. Parecia impossível os adultos acreditarem mesmo nelas. Todas repletas de mistério, sangue correndo a rodo...

Eu, quanto a mim, nunca vira nada igual. Os tempos tinham mudado. Ao ouvi-los, no entanto, parecia que ainda ontem as pessoas tinham mesmo medo de viver lá fora, as crianças acordavam à noite com tiros de canhão, os adultos nunca paravam de se esconder em porões para conversar com os vizinhos. E havia também os que roubavam um naco de pão e eram presos pelos carabineiros.

Os carabineiros andavam sempre de preto. E não era só a camisa, como os fascistas; vestiam preto da cabeça aos pés, e as pessoas sérias, como dizia meu pai, fugiam deles como da peste. Talvez por isso hoje eu ainda me esquive sempre que avisto um policial. Um medo antigo de contágio.

Bobagens, dirão, mas na época eu acreditava nessas coisas todas, porque era pequeno. E das palavras só escutava a música, cabeça descansando nas pernas firmes de minha mãe.

Às vezes, ficávamos na cozinha até tarde; duas horas depois do pôr do sol era tarde para um garoto da pré-escola. Assim como a gente, hoje, quando adormece na frente da televisão, eu abria os olhos assim que os adultos paravam de falar. Quando eles retomavam, eu procurava manter os olhos abertos tanto quanto possível. Eles falavam, e eu ia misturando as notas. Compunha assim um mundo sem época. Ou melhor, mesclava todas as épocas. E, sempre que introduziam outra nota, eu a juntava às demais. Todas no mesmo caldeirão. Sentia-me tão bem naquele caldo de tempos e histórias que, ao crescer, nunca me desfiz totalmente desse jogo de criança. Por isso é que, na minha vida, nunca cessei de misturar tudo. Pode soar desconfortável, sei disso, mas é a única viagem séria que conheço.

Mesmo porque não tenho realmente escolha, mas isso já é outra história.

Naquele tempo, eram apenas palavras sussurradas no calor tardio da cozinha. A salamandra a lenha se esfalfando, dava tranquilamente para desatar em prantos e pôr a culpa na fumaça. Eu, quanto a mim, procurava nem espirrar, para não chamar a atenção e me mandarem, na hora, para uma cama de lençóis gelados, povoados de espíritos malignos. Na cozinha, até as paredes pretejadas sabiam falar. Para ouvir o que elas diziam, eu tinha que ficar imóvel no colo de minha mãe e respirar de mansinho, como quando a gente dorme. Mas não era assim tão simples: eu tinha que ficar pesado como pedra, para só então eles passarem para as coisas sérias. Minha manobra em geral dava certo, e eu então ouvia poucas e bem boas.

Foi assim que descobri que, quando vim ao mundo, já era meio esquisito. Minha cabeça, dizem, era desproporcional ao corpo miúdo que cabia na palma da mão da parteira. Isso porque ela não era nenhuma giganta, como eu teimava em acreditar.

Esse tipo de história travava minha imaginação. Perguntava a mim mesmo, raivosamente, por que minha mãe, que mais do que ninguém sabia ler meus pensamentos, tanto insistia num detalhe insignificante. Como se criar um filho raquítico fosse um honroso empreendimento! Fosse como fosse, aquilo me incomodava: me atrapalhava para sonhar, entremear o tempo, embarcar no cargueiro sentimental das memórias.

Agora, para escutar suas peripécias de juventude – as mais excitantes –, aí sim, tinha que pesar feito chumbo no colo de minha mãe. Principalmente quando meu pai engrenava a história dos pneus roubados aos alemães. Essa ele contava, em média, uma vez por mês, garantindo que ganhara um montão de dinheiro porque, comparados aos alemães, os pneus italianos não prestavam. Sempre achei que era exagero dele; custava a crer que um homem feito o meu pai pudesse ter ganhado tanto dinheiro assim. Mas gostava daquela história. Seja como for, de tanto desmontar pneus de caminhões militares alemães, meu pai tinha, afinal, sido pego. Ou, melhor dizendo, colhido, já que – no momento estratégico da retirada – sentiu-se erguido do chão e esperneou até cair no bico das botas de um caporal alemão.

    Já fazia algum tempo que o pessoal da Kommandantur andava farto. Apesar da vigilância redobrada, toda noite desaparecia um pneu. Até o dia em que um caporal, voltando atrasado para o quartel, avistou uma roda de caminhão rolando por conta própria. Tal foi seu espanto que esperou ela entrar na via Garibaldi para interromper sua carreira. Atrás da roda, infelizmente, topou com meu pai que, desavisado, seguia empurrando a roda feito um condenado. Levou, na sequência, uma surra de cinto. Até que o soldado alemão reparou que havia algo estranho naquele ladrãozinho de pneus.

    Meu pai parecia ter um prazer especial em mencionar sua altura, nunca perdia uma oportunidade. Isso me enfurecia, porque já tinha ouvido gente comentar: "É o filho do anão!". Não que meu pai sofresse de nanismo; era apenas um homem miúdo. Não mais que uns vinte centímetros abaixo da média, o suficiente para parecer um adolescente com problemas de crescimento. Assim é que ele se definia, e até achava graça.

    Para mim, aquelas considerações anatômicas não tinham o menor interesse, eram até francamente degradantes: tinham o poder de me arrancar brutalmente do meu sonho, sendo que instantes atrás, confortavelmente acomodado ao seu lado, eu o imaginava, ofegante, manejando sua imensa chave inglesa com gestos ligeiros. Era o momento mais perigoso, já que os soldados vinham, às vezes, urinar entre os veículos. E parafuso é uma coisa resistente. A rigor, até uma criança podia rolar um pneu maior do que ela. Mas, para desatarraxar porcas e parafusos, só tendo mãos calejadas como as dele e coragem de sobra.

    Sempre achei que os calos que tinha nas mãos é que despertaram as suspeitas do alemão. Imaginava-o encolhido no chão, palmas erguidas para aparar os golpes. Seja como for, o caporal largou o cinturão e pegou a pistola.

    A Kommandantur ficava a dois passos dali.

    O primeiro em que pensou, quando o trancaram na cela, foi Alfonso. Tendo um cunhado fascista, ainda podia esperar que não o fuzilassem pelo roubo de um pneu. Por uma vez, a presença de um camisa-negra na família talvez fosse de alguma serventia.

Paradoxalmente, porém, o que mais o deixava tranquilo era sua maior deficiência: seu tamanho. Meu pai afirmava conhecer suficientemente a natureza humana para saber que condená-lo seria alçar um quase anão ao nível de um homem. Suspirava: "Achava que nenhum oficial alemão seria capaz de fazer isso. Mas não, a primeira coisa que o major disse ao entrar na sala foi 'komunist'. A segunda foi 'scheiss'. Não dei bola... já tinha escutado tantas!".

Nesse ponto da narrativa meu pai sempre se animava, como querendo voltar de corpo e alma ao local do crime...

"Já tinha ouvido insultos bem piores da minha madrasta de vida. Comunista... Por sob a aba reluzente do seu quepe, o oficial me examinava. Um olhar parado, cortante, serpente prestes a dar o bote. Nunca antes uma pessoa de estatura regulamentar me observara por tanto tempo sem demonstrar constrangimento. Naquela hora, soube que estava frito.

"É uma questão de sensibilidade; meu tamanho me permite observar as pessoas de um ponto de vista privilegiado. Muitas vezes, sei o que estão pensando antes delas mesmas. Com o major alemão, dei com os burros n'água. Ninguém, eu tinha certeza, ensinara aquele homem a pensar. Era de uma espécie nascida do gelo. Uma máquina bem azeitada, só restava esperar que tivesse alguma falha."

Não vão pensar que meu pai passava os dias contando a própria vida. Mas sempre tive a sensação de que suas longas pausas começavam e terminavam segundo um ritmo muito bem calculado. Acontecia de ele retomar os fatos no mesmo dia; outras vezes, era capaz de nos fazer esperar até a debulha da colheita, quando a poeira do trigo flutuava a pouco mais de um metro do chão e, ao cair da tarde, ele era o único a quem restava algum fôlego.

Lembro que ele mencionava o momento mais difícil do interrogatório toda vez que minha mãe tinha algo para lhe perdoar.

Começava com um suspiro, como se ela não estivesse ali:

"Os pneus, imagina... É claro que havia outra coisa por trás disso! Aquele circo todo por causa de um ladrãozinho furreca, semianão ainda por cima, e provido de um cunhado fascista. Não, não fazia sentido. Mas já tinham se passado dois dias, e Alfonso não se manifestava. Mau sinal. Embora fôssemos como cão e gato, a família nunca o perdoaria se ele me deixasse nas mãos dos alemães. Soube mais tarde que Alfonso, quando se apresentou à Kommandantur para ter notícias minhas, levou uma bofetada de um oficial alemão que viera especialmente por minha causa. De Roma!"

Quando dizia: "De Roma!", seus olhos brilhavam. Então se calava e ficava uns instantes se balançando, fazendo estalar a cadeira. Quando voltava a falar, parecia outra pessoa. Era como se tivéssemos, por um momento, deixado de existir. Ele talvez falasse e escrevesse ao mesmo tempo: suas falas pronunciadas às pressas não deixavam de ter certa eficácia, o que resultava numa enfiada de sílabas que eram notas confluindo num ritmo onírico.

Era essa, pelo menos, minha sensação naquela hora. E o mesmo decerto se dava com minha mãe, que se fazia de invisível para nada deixar transparecer. Meu pai sabia disso e sorria para ela com os olhos. Foi esse, sem dúvida, o primeiro sinal que me veio da cumplicidade entre eles. Mas, ocupado que estava a confundir datas, não me restava tempo para estudar a psicologia dos meus pais. A gente, nessa época, se virava do jeito que dava; e, como não havia televisão, a gente escutava.

"Eu agora, para eles, era Teodoro..."

Nesse ponto da narrativa, a plateia tinha que prender o fôlego. Mesmo que, na verdade, já soubesse que Teodoro não existia, que os alemães e os fascistas o tinham inventado *ad hoc* para encobrir sabe lá Deus que infâmia. Apesar de que, com o passar do tempo – e sem jamais questionar a veracidade de suas palavras –, já não tivéssemos tanta certeza de que Teodoro fosse fruto da maléfica imaginação teutônica.

"Segundo eles, Teodoro era o nome de guerra do *mui tristemente famoso Anão do Ministério*", continuava ele, voz alquebrada. E imediatamente esclarecia: "O termo *ministério* não significava muito para mim, o que me preocupava era o *mui tristemente famoso*. E, dadas as circunstâncias..."

Ele nunca concluía frases desse tipo. E, sempre que envolvia um julgamento demasiado pessoal, a sequência se fazia esperar. Mais tarde, cheguei a me perguntar se sua particularidade física não o levava a temer constantemente as consequências de um juízo apressado. Mas, antigamente, aquelas frases truncadas me pareciam pontes projetadas no espaço. Eu queria me jogar e, às vezes, me perdia. Para me encontrar, buscava palavras para acompanhar a música do meu pai. Que continuava mais ou menos assim:

"Resumindo, uns importantes documentos militares tinham sumido do ministério. Um verdadeiro enigma. E somente uma criança – ou um anão – podia ter passado pela boca de ventilação.

"E eu, que era um pouco de cada coisa, constituía o culpado ideal. Certa noite, me tiraram da minha cela e me conduziram diante de um oficial vindo de Roma. Depois de me enfumaçar com seu charuto, anunciou, com um hálito avinhado, que a carreira de Teodoro, o mui tristemente famoso chefe da Resistência e ladrão de segredos militares ainda por cima, tinha chegado ao fim.

"Nem preciso dizer que fiquei feliz da vida, já que eu podia ser tudo, menos o fulano em questão. Depois de me lançar um olhar mais eloquente do que um pontapé no traseiro, o boche[1] fez sinal para que me levassem de volta à cela. Não precisava ser nenhum gênio para entender que a história do ministério era coisa deles e que eu vinha bem a calhar: não havia muitos ladrões capazes de passar por um buraco tão estreito.

"Nos dias seguintes, recebi a visita de uma porção de oficiais, fascistas e nazistas, que estavam todos ali para me falar do terrível Teodoro. Em alguns momentos, até dava para sentir certa admiração em seu discurso. A impressão que dava era de que, sem a existência de Teodoro, a vida deles não teria mais sentido. Apareciam na minha cela duas ou três vezes ao dia e me contavam suas proezas – as minhas, supostamente. De tanto me encherem os ouvidos com aquela história, eu próprio já começava a acreditar na existência daquele curioso chefe da Resistência. Porque, se ele existisse de fato, ainda poderia me inocentar; caso contrário, eu continuaria sendo o único culpado possível. Será que os caras do pelotão de execução iam me erguer ou iam preferir se abaixar? Cheguei, realmente, a me fazer essa pergunta. Estava perdendo o tino."

O leve sorriso se abrindo no escuro era de minha mãe. Todo mundo lá em casa sabia; nem precisava olhar para o "lado caldeira" da salamandra para ver.

Adivinhar os pensamentos, as expressões, a partir de um sinal imperceptível, de um código feito de vibrações, era uma espécie de convenção da família. Quando a música das lembranças refluía preguiçosamente para as sombras tremulantes do lampião de gás, era que meu pai estava enrolando um cigarro. Em seu olhar, a cena da narrativa...

"Depois de uma semana de propaganda sobre a fabulosa captura do *mui tristemente famoso*..., muitos amigos e parentes já podiam

---

1. Boche: termo pejorativo para designar "alemão", surgido durante a Primeira Guerra Mundial. (N. T.)

jurar que Teodoro, o anão tão ardiloso quanto maligno, de fato existia. Até Alfonso, talvez para justificar a bofetada germânica, começou a espalhar que eu andava, ultimamente, com estranhas ideias na cabeça. Se deu mal, já que sua mulher o pôs para fora de casa. Nesse mundinho todo, só os receptadores de pneus alemães manifestaram alguma dúvida quanto a eu pertencer a uma brigada da Resistência. Que Resistência, aliás? A gente até tinha ouvido falar de uns combatentes nas montanhas. Mencionava-se a boca pequena, a presença de comunistas armados pelos russos. Tudo besteira, decerto a serviço dos interesses de uns e outros. A realidade, a gente sabia, era bem outra. No momento, a única diferença entre mim e os três gatos pingados das montanhas era que eles penavam para serem vistos como resistentes, enquanto eu faria qualquer coisa para obter o status de ladrão. Para encerrar a questão, alemães e fascistas inventaram o nome de uma nova unidade, constituída por criaturas de raças inferiores, e da qual eu seria, segundo eles, o chefe absoluto.

'Para o paredão, seu vermelho safado!'

"Minha vontade era de chorar feito criança. O que, dado o meu tamanho, não teria surpreendido ninguém. Se não chorei, foi só porque estava paralisado de pensar no paredão. Minhas lágrimas também se congelaram. Naquela hora, já perdera de vez a esperança de todos caírem na gargalhada e me enxotarem dali com uns pontapés no traseiro. Estava contra a parede. Um paredão de tijolo e cimento; não o paredão de incompreensão, pena ou desprezo a que me tinham acostumado. Era o fim da tolerância familiar, das cruzadas pró-anão da minha irmã, das piadas idiotas do meu cunhado que, sendo um pouco mais tolo do que a média, não sabia ser hipócrita. Morreu como um resistente, diriam nossos vizinhos, visivelmente incrédulos. E, mesmo admitindo que esse não era o pior dos fins, quem poderia achar que vinte anos de vida, mesmo para um anão, era coisa pouca?"

Capítulo 2

Imaginar meu pai com vinte anos menos era brincadeira de criança. Bastava observá-lo de costas. Com exceção do rosto, não devia ter mudado muito. Queixava-se às vezes de dores nos rins, mas era à lombar que se referia, e quero ver quem não se queixaria depois de labutar quinze horas na lavoura. Meu pai trabalhava mais do que os outros, a pretexto de que estava mais perto do chão, e que a terra é baixa, todo mundo sabe. Mas não se detinha nesse aspecto. Acho que, fisicamente, faria qualquer coisa para se alçar à altura dos outros. Já minha mãe não suportava ver o marido dando duro. Se pelo menos viesse a maldita pensão de guerra... Ela suspirava quando sua falta era mais premente e se lamentava com frequência. Mas, para as crianças, sempre acaba se achando o que comer... Agora que ela já se foi, me ocorre que deve ter ficado muitas vezes de estômago vazio quando não havia o suficiente para todos. Na época, me parecia natural minha mãe se sacrificar por nós, já estava acostumada a passar fome. "Um dia, muito antes de eu conhecer seu pai", me contou ela, "dois estrangeiros vieram beber no poço lá de casa. Ao ver um naco de pão amolecendo num balde de água, um deles comentou: 'Veja como é limpa essa gente, lava até o pão'."

Achei a história engraçada. Minha mãe, ao contrário, se pôs a chorar, e durante muito tempo me perguntei por quê. Ela ocultava sua tristeza e miséria debaixo de um lenço grande que lhe tapava a cabeça e que ela amarrava no queixo. Na única vez em que, sob efeito de um baseado, me atrevi a arrancar seu lenço, ela me deu uma bofetada na frente de todo mundo. Eu estava com vinte anos e um revólver no bolso.

Minha mãe não era de se deixar pisar, eu já deveria saber. Mas eu ainda acreditava que as mães nasciam velhas e pacientes. Foi um período em que eu me sentia estrangeiro e forte. Minado por uma inconfessável vergonha familiar, sem dúvida, mas com uma namorada sensacional que sabia e fazia um monte de coisas e que, ao contrário da minha mãe, jamais se casaria com um anão. Hoje, rio só de lembrar, mas na época, sem nunca ter visto uma foto de minha mãe quando moça, achava que ela não tinha tido escolha. Mas isso já é outra história. Quer dizer, essa história faz parte da narrativa, mas não nessa ordem cronológica. Antes, houve a guerra, o pão molhado, o grande pequeno Teodoro, o amor da Resistência e a resistência do amor. E, enfim, a idade em que somos impermeáveis aos preconceitos sociais, mas em que, por mais que se diga, papai e mamãe permanecem indispensáveis.

Minha mãe sempre considerou seu marido um homem íntegro e agradecia intimamente aos céus por ter lhe dado filhos com estatura normal. Em casa, ou nas raras reuniões de família, movia-se com tal habilidade que conseguia reduzir ao mínimo a diferença de altura entre eles. Meus pais nunca se incomodaram com isso. É claro que brigavam, como todo mundo. Mas não por isso. E as palavras das discussões eu me negava a ouvir. Porque eram um mero ruído de fundo. Nada a ver com a música das nossas histórias. Dos silêncios, sim, eu me lembro. Serões inteiros respirando juntos, mais nada. Nenhuma preocupação por ninguém, uma paz abissal.

Minha mãe era crente e rezava; meu pai fingia que não via. Ela também rezava enquanto livrava do mau-olhado camponeses demasiado crédulos. Herdara da mãe seus poderes de curandeira. Minha avó, quando viva, era a única autorizada a acabar com o cerco dos grilos-toupeira que assolavam as hortas da vizinhança; ossos, dores reumáticas, lesões e torções também eram da sua alçada. Compreendo por que se viam tantos estropiados por ali. Entre as seis filhas, minha mãe fora a escolhida para cuidar dos males alheios. De graça, naturalmente, senão não funcionava.

As sessões sempre se davam no meio da tarde. Depois da sesta, meu pai nunca voltava para casa antes do entardecer, mesmo que não tivesse nada para fazer na rua. E se, por infelicidade, acontecia de ele chegar bem nessa hora, mirava de relance a mesa em que reinavam o pires cheio de água benta, a colher, o óleo e a cruz; evitava olhar para o enfeitiçado, o qual teria desejado estar cem pés abaixo do chão. Ocupada que estava em quebrar o olhinho de óleo que sempre flutuava no pires, minha mãe permanecia estoica. Seus lábios se moviam com rapidez vertiginosa, mas dava para ouvir uma mosca voando. Em nós nunca ninguém jogava feitiço. Minha irmã foi uma exceção quando esteve em idade de casar, algo inevitável, dizem, nesse momento da vida: uma moça, aos vinte anos, causa muita inveja. Em compensação, éramos submetidos ao rito da diarreia. A cada mudança de estação ou de lugar, não havia como escapar do leite de magnésia San Pellegrino.

Desobstruía, purgava, fazia muito bem e ponto final. Nem adiantava resistir, minha mãe era capaz de nos fazer engoli-lo durante o sono.

Quando às vezes nos sentávamos no caramanchão, quando o calor se tornava menos sufocante e não havia o que fazer na lavoura, minha mãe contava histórias de assombração. Nas montanhas, quando ainda não havia nem alemães, nem resistentes, os mortos eram raros e os fantasmas, quase inexistentes. E vê-los, aliás, não era acessível a qualquer um. Já minha mãe, não podia dar três passos sozinha sem topar com algum. Ela até tinha dado um nome aos espíritos mais familiares. Resultado: nós, os filhos, evitávamos ficar na rua à noite. Já que o crepúsculo, como bem se sabe, é o momento propício para as almas penadas – as piores. Durante anos, precisei travar exaustivas lutas contra o pavor da escuridão. Toda noite, de fato, cabia ao menor – não em tamanho, mas em idade – ir buscar água fresca no poço. Era a dez metros da porta de casa, mas minha mãe, mesmo a essa distância, era bem capaz de interceptar um ou dois mortos no caminho.

Quando estava em veia de confidência, sempre nos incumbia de alguma tarefa doméstica, como debulhar ervilhas ou depenar galinhas. Como se fosse um pecado mortal mexer os lábios com as mãos abanando. No dia em que me atrevi a perguntar o porquê daquela mania, respondeu que quem fica de conversa sem fazer coisa nenhuma não tem nada para dizer e, além do mais, perde o tempo dos outros. Não sei se ela estava certa ou não, só sei que tinha o mesmo entusiasmo para falar dos fantasmas e do meu pai, para debulhar milho e descascar batata. Às vezes, bem no meio de uma história, parava para enxugar uma lágrima e então prosseguia, meio febril:

"... Os olhos de seu pai eram só o que eu via. Tinham uma limpidez incrível. Uma pessoa com um olhar assim, pensei na primeira vez em que o vi, podia se dar por feliz. Embora, na época, ele sofresse muito. A bala, ao sair, tinha arrancado um pedacinho do fêmur, e vocês nem imaginam a dor que isso pode causar. Mas ele não se queixava. Parecia até que sua única preocupação era ter sido flagrado com meias sem par."

O mito do partidário Teodoro se perpetuava assim em meio à poeira de milho, tendo por pano de fundo musiquinhas dos anos 60 transmitidas no verão pelo rádio do vizinho.

"De manhã cedo, a gente tinha ouvido tiros mais lá embaixo, no vale", continuava minha mãe. "Duas ou três rajadas breves, o que era frequente naquele tempo. A gente já nem ligava. Mas, lá pelo meio-dia, o tio Oscar, que vinha voltando da vila, deu com ele meio desmaiado atrás de uma rocha. Apesar do ferimento, tinha subido quase toda a encosta. Oscar o reconheceu na hora. Era difícil se enganar... Todos nós tínhamos ouvido falar nele. Alemães e fascistas fariam qualquer coisa para pegá-lo. Ficou lá em casa até se recuperar. A gente, no começo, se sentia intimidado: tratava-se de um famoso chefe resistente, e sabe-se que Deus, para essa gente, dá pouca estatura, mas também dá um cérebro imenso e um coração desse tamanho. Durante o dia, saíam todos para a lida com os animais, e eu ficava sozinha em casa. Enquanto cuidava dele, ele conversava comigo. E aí me mostrava a face oculta de tudo o que estava na frente dos meus olhos e eu não enxergava. Como dizer... ele tinha essa franqueza que dá um ar instruído até a quem só cursou uns poucos anos de escola."

Nesse ponto da narrativa, só Deus sabe por que, minha mãe sempre tinha que fazer um comentário sobre a lerdeza das nossas mãos. Mudava de tom. Não dizia mais "ele", e sim "o pai de vocês", como se tivéssemos que ficar em posição de sentido. Mas logo passava, e ela prosseguia:

"... tinha que ver quando ele se arrumava nos trinques. Tinha o porte de um cavalheiro. Ele agora anda relaxando um pouco, por causa do trabalho; e, também, a gente está sempre sem dinheiro. Nada a ver com esses cascas-grossas sem nada na cabeça. Hoje, se fazem de muito amigos e até ficam de bravata na frente do pai de vocês. Mas conheço essa gente: entre 25 de julho e 8 de setembro, estavam todos na Casa del Fascio, e alguns até se alistaram com os *Repubblichini*[1]!"

As tardes eram sufocantes. O verão é feroz nos Pântanos Pontine. Os dias se arrastam, nenhuma folha se move. Ainda hoje, ao andar pelas ruas de Paris, acontece de eu sentir um cheiro que me lembra aquele caramanchão. Em geral é quando passo pelos bairros de imigrantes, onde há hortelã e figos maduros. A gente tinha uma moita inteira de hortelã. Hortelã-pimenta, que medrava feito erva daninha ali onde escoava a calha. Na hora em que até as cigarras silenciavam devido ao calor e o cheiro de hortelã saturava o ar imóvel, minha mãe se punha a contar as histórias mais pesadas, histórias de pessoas que tinham ficado loucas. E citava datas.

---

1. Os *Repubblichini* eram partidários da República social italiana, também conhecida como República de Salò.

Ela gostava de exibir sua memória. "25 de julho", dizia, subentendendo, com toda a certeza, o desembarque aliado na Sicília; "8 de setembro" era o armistício; a República de Salò, já não me lembro quando; Mussolini, o Rei, o massacre, a fome... Tudo tinha uma data, não havia como errar.

Ela já contara essas histórias vezes sem fim. Eu não queria mais nada, deixava correrem as palavras para acompanhar a música. Tinha assim a sensação de que, com isso, fazia menos calor. Mas gravei, ainda assim, o essencial de seus relatos. Porque, mais tarde, quando essas datas viraram referências nos livros escolares de história, percebi imediatamente que algo não batia. A versão era outra; não havia vitória nenhuma nesse dia. Os resistentes tinham sumido e, com eles, seus sonhos de liberdade. Nos livros de história, a Resistência ocupava meia página. Não tinha havido nada. Somente histórias na preguiça do verão.

Foi numa noite de verão, aliás, que os resistentes mandaram a Kommandantur pelos ares. O incauto "Teodoro", trancafiado no porão, sentiu que a explosão o erguia do chão e deu com a cabeça na parede. Dizia meu pai que não lembrava ter perdido os sentidos. De modo que, quando tornou a abrir os olhos, não sabia se tinha ou não tinha sido fuzilado.

"Minha impressão era de estar sobrevoando o solo, que eu via passar diante dos meus olhos. Levei um tempo até entender que estava nas costas de um homem que corria. Não era um alemão nem um fascista. O sujeito usava uns sapatos rebentados, uma Sten a tiracolo e cheirava vagamente a bode. Assim que notou que eu tinha voltado a mim, me pôs no chão inclinando o busto para o lado, um pouco como quem descarrega um saco de trigo. Estávamos à beira de um canal. Reconheci, na outra margem, o telhado de zinco da fábrica de meias. A cidade não estava longe. Apurando o ouvido, ainda dava para ouvir as eructações guturais dos alemães.

"Todo mundo parava para me olhar. As pessoas pareciam perplexas. E eu, mais ainda. Um sujeito fortão de 'erres' arranhados gritou qualquer coisa, e recomeçamos a correr no capim alto que nos dissimulava quase por inteiro. Chegamos em seguida. Era a entrada de uma espécie de irrigação subterrânea, completamente camuflada por uma figueira selvagem. Nos esgueiramos dentro dela. A escuridão era de cortar com facão, mas avançamos rapidamente. Os outros sabiam onde pôr os pés; e eu tinha a vantagem de poder andar sem me curvar. Em certo ponto, o pequeno canal bifurcava; pegamos a esquerda e logo nos vimos numa gruta subterrânea que eu adivinhava ser ampla. Ficamos um instante parados, na mais completa escuridão. Ninguém falava nada. Já estava achando que tinham me deixado ali sozinho quando alguém riscou uns fósforos e acendeu algumas velas.

"O lugar fedia. Ao ver que eu franzia o nariz, o homem que me carregara nas costas apontou o polegar para o teto e explicou, a meia-voz, que estávamos embaixo de um curral. Os outros me observavam. Tive a impressão de que, tendo me trazido ali, já não sabiam o que fazer comigo. Mas, apesar da expressão tenebrosa, os semblantes que me cercavam pareciam menos maus do que os que eu deixara atrás de mim.

– Companheiro Teodoro – disse, por fim, o sujeito dos 'erres' arranhados. – A operação foi um sucesso militar, não houve feridos. Você, infelizmente, vai ter que ficar aqui até a poeira baixar. Dois ou três dias, dependendo da movimentação inimiga. O companheiro Terenzio estará à sua disposição. Até logo.

"O sujeito ergueu o punho e foi-se embora, seguido pelos demais.

"Terenzio era o sujeito que me carregara nas costas. Um rapagão de uns vinte anos de idade, cabelo curto à escovinha. Olhamos um para o outro, constrangidos, e ele então soltou uma risadinha que lembrou a de meu cunhado Alfonso. Só a risada, é claro, o resto não tinha nada a ver. Ele, à guisa de preâmbulo, inclinou-se e declarou:

– Pelo que tinham descrito, achei que você fosse mais leve. Quer dizer, um anão de verdade. O fato é que tomei um suadouro danado. Mas, enfim, cá está você, e todos nós nos safamos. E agora temos que parar de conversar porque, se alguém passar por aqui, pode nos ouvir.

"Eu queria perguntar o que eu tinha que fazer, mas ele continuou:

– Temos que apagar a luz.

"Antes de ele assoprar a chama, tive tempo de ver bem o seu rosto. Não havia dúvida: o fato de eu não ser do tamanho das outras pessoas não tinha, para ele, a menor importância. A palavra 'anão' não evocava nada mais do que um som. Era a primeira vez que isso me acontecia com um estranho. Só quem é nanico para entender a gratidão que alguém como eu podia sentir num momento como aquele.

"Passado algum tempo, quando meus olhos começaram a se acostumar com o escuro, percebi que Terenzio não tinha se mexido de onde estava ao apagar a vela. Continuava em pé na minha frente, imóvel. Naquele antro, parecia um gigante no centro da terra. Sentindo que eu ia abrir a boca, fez um gesto brusco mandando eu me calar. Por um longo momento, nem ousei respirar.

"Por fim, ele sussurrou:

– Já se foram, mas vão voltar. Estão nos procurando por aqui, é normal.

"Só um ouvido muito bem treinado para captar um som que eu sequer tinha intuído. Não sei se por causa das minhas aventuras ou do cheiro de amoníaco que tomava conta do abrigo, o fato é que comecei a vomitar. Uma baba azeda, fazia dois dias que não tinha comido. Terenzio me amparou. Me pegou no colo e me deitou com delicadeza um pouco mais adiante. Adormeci com seu lenço na boca.

"Fiquei não sei quanto tempo como numa espécie de coma. Quando me senti forte o suficiente para me erguer e sentar, percebi que tinha comido. Não era sonho, ainda havia uns restos do meu lado. A fala de Terenzio e a voz feminina respondendo também eram, portanto, bem reais. Tinham armado aquela confusão toda para me libertar. Tinham, também eles, acreditado na fábula do anão resistente. Com que então não era uma invenção?

"Terenzio se acercou. A situação lá fora devia estar mais tranquila, já que falava normalmente:

"– Está se sentindo melhor? Muito bem, vamos embora hoje à noite.

"Havia duas velas acesas no refúgio. Olhei dentro dos seus olhos, que eram grandes e claros. Como eu não dissesse nada, ele achou que eu não me atrevia a fazer barulho.

– Pode falar, se quiser. O perigo passou.

"Eu ouvia as palavras saindo de minha boca; aquela voz parecia não ser minha. Dizia que eles estavam enganados, que eu não me chamava Teodoro, que não pertencia a brigada nenhuma.

"Terenzio ficou boquiaberto, até que caiu na gargalhada.

– Está me dizendo que havia dois anões presos na Kommandantur?

– Não, não, era só eu, mas essa é outra história. Vou te contar...

"Ele, no começo, tentou acompanhar, mas, assim que comecei a explicar o acontecido, me dei conta de quão absurda era a minha história. E enquanto ia me enrolando, comecei seriamente a achar que Teodoro existia de fato e que era eu. Terenzio interrompeu meu desabafo com mais uma gargalhada tosca. Lembrava realmente meu cunhado Alfonso. Depois, acrescentou algo como:

– Já tinham me dito que você era esperto. Caramba, já estava quase caindo nessa história dos pneus!

"Terenzio, a cada palavra, parecia dar uma breve pausa para pensar. Fazia caretas. Um pouco como se pensasse com a boca.

"Já exausto, perguntei:

– Quem é o chefe?"

Capítulo 3

"– Então, quem é o chefe aqui?", gritou meu pai novamente. Como ninguém respondesse, disse ele, resolveu não deixar-se abater.

"... Eles vieram em três para me buscar. Mais Terenzio e eu, davam cinco suspeitos percorrendo uns quinze quilômetros a descoberto, até chegar à maldita montanha. Um deles, que tinha sotaque nortista – era de Ferrara, como me contou mais tarde – me passou um revólver. Era um Glisenti calibre 11 ponto alguma coisa. Era uma arma pesada, que segurei com as duas mãos. O ferrarense comentou que eu não era lá muito hábil, e me senti corar até as orelhas. Por sorte, estava escuro.

"Antes de deixarmos o curral, o dono nos brindou com um copo de vinho branco. Tinha um leve gosto de vinagre, mas o vinho era fresco. Eu conhecia aquele pastor de vista. Tinha o rosto marcado de varíola e frequentava uma taberna fascista. Dava para ver, pelos seus olhares de esguelha, que não acreditava na história do resistente Teodoro. Mas ninguém pediu sua opinião.

"Chegamos ao raiar do dia. Todos com uma dor de cabeça daquelas, por culpa de Terenzio que, em vez de levar água, tinha enchido a bombona com a zurrapa do pastor.

"Vista de fora, parecia uma cabana pequena encostada numa rocha. Eu estava exausto, louco para me deitar, e achei que não haveria espaço para todos. Mas o barraco, na verdade, ocultava a entrada de uma gruta. Os primeiros metros formavam uma passagem que dava numa ampla gruta capaz de abrigar uma casa inteira. Contei umas dez enxergas ocupadas e outras tantas vazias. Antes de apagar as velas, o ferrarense me indicou uma delas.

"Adormeci quase em seguida, apesar do frio mordaz. Acordei com a sensação de ter caído num poço. À minha volta, uma escuridão profunda, mas uns dez metros acima de mim se abria um buraco emoldurando uma nesga de céu azul. Levei um tempo para entender que estava numa caverna e que o círculo luminoso, lá em cima, era uma espécie de janela natural. Que, naquele exato momento, alguém fechou. Então riscaram um fósforo, a chama de uma vela iluminou um torso nu e um rosto barbudo se inclinou sobre mim. Meu coração parou de repente. O homem notou meu susto e, para me tranquilizar, desatou a falar rapidamente:

– É um avião alemão, voando muito baixo. Nunca se sabe. Café? É café inglês, mas o gosto é quase igual.

"Era o chefe. Chamava-se Gildo, um sujeito muito legal. Um colosso que falava o tempo todo, com um sorrisinho nos lábios. Como se, tendo vivido muita coisa, se sentisse obrigado a moderar cada palavra que dizia e cada gesto que fazia.

"Tentei desfazer o equívoco; já estava ficando por aqui com aquela história toda. Mas ele nem deu tempo de eu abrir a boca. Depois de conferir que estávamos sozinhos, desandou a falar:

– Escute: em suma, sei que você não é quem estão pensando que é. Tudo bem, é uma farsa! Mas qual é o problema...? Só nós dois sabemos que o mui tristemente famoso Teodoro não existe. E alguns oficiais alemães, naturalmente, mas isso a gente vê depois. Quanto aos companheiros, não precisa se preocupar, eles gostam de fazer o que eu mando, e mais tarde eles vão entender.

"Se alguém ali precisava entender alguma coisa, esse alguém era eu. Algo inquietante deve, de repente, ter transparecido em meu rosto, já que Gildo se interrompeu e me observou como se estivesse me vendo pela primeira vez.

"E então continuou, sorrindo:

– É psicológico... uma tática de guerra. Eles criaram o mito do anão para proteger o deles. Só que agora Teodoro existe de fato, e a brigada que o libertou também. Estamos aqui, e para alguma coisa a gente tem que contar, caraca! Graças a você, vamos dar um tremendo de um susto naqueles idiotas.

"Eu olhava para ele, apavorado. Gildo mudou o tom.

– Se é por causa do seu cunhado Alfonso, não se preocupe. Ele é só meio boboca, não vamos fazer nada com ele. Nós somos resistentes, não somos bárbaros.

"À fraca luz das velas, seus olhos eram dois topázios em brasa. Parecia um alucinado, desses que andam descalços por aí querendo a todo custo levar a gente para o céu.

"Ele, aliás, me perguntou à queima-roupa:

– Destino... você acredita em destino?"
Meu pai, sem dúvida, nunca duvidara do destino. Não tinha como se dar ao luxo de não acreditar. Aceitar o destino, curvar-se às evidências da vida, é, por sinal, uma tara nossa hereditária. Transmitida como algo imponderável, de geração em geração. Isso tudo devia nos servir de lição, mas temos um verdadeiro talento para nos meter em apuros. Em sérios apuros, muitas vezes sem saída. E aí só nos resta nos rendermos à evidência. Fecha-se o círculo: somos todos vítimas do acaso.

Capítulo 4

"Para se colocar à minha altura, ele se sentara numa saliência rochosa e não desgrudava os olhos de mim. Fizera-me uma pergunta e aguardava a resposta. Em outras circunstâncias, eu decerto teria dito que sim, mas, ali, me pareceu arriscado, e procurei ser vago; podia, é claro, acreditar no destino, dependendo da situação.

"Gildo perdeu a paciência:

— Cuidado, garoto, não é de hoje que lido com pessoas que se negam a acreditar no destino, e elas sempre se dão mal. Lembre-se do que aconteceu com Giolitti[1] , Mussolini, e com toda essa gente sem princípios. Pode ter certeza de que com Togliatti[2] vai ser assim também. Vai se atolar, que nem os outros, nas próprias contradições. Quem está te dizendo isso é um babaca, um babaca que entende de política.

"Eu não tinha a menor intenção de contrariar as afirmações de Gildo. Mas não via a menor relação entre meus míseros roubos de pneus e os credos políticos de Giolitti & companhia.

"Comuniquei a Gildo minhas reflexões, me preparando para uma reação feroz. Mas ele, surpreendentemente, se mostrou compreensivo e recomeçou do começo. Compreendi, por fim, que eles tinham homens, um monte de armas, uma série de objetivos e uma inquestionável boa vontade. Só lhes faltava um herói para dar uma injeção de ânimo na brigada. Gildo foi direto ao ponto: eu caíra como uma luva, como parmesão ralado num prato de macarrão.

---

1. Giovanni Giolitti (1842-1925): importante político italiano, governou tanto com a esquerda quanto com a direita, exercendo uma forma de "ditadura parlamentar". Presidente do Conselho durante o pós-guerra, conseguiu gerir uma situação extremamente tensa, mas esse êxito beneficiou Mussolini, cujo regime ele apoiara até passar para a oposição depois do assassinato do socialista Matteotti.

2. Palmiro Togliatti é um dos fundadores do Partido Comunista Italiano (PCI). Exilou-se na URSS durante o fascismo e retornou à Itália em 1944.

– Você é Teodoro e vai continuar sendo. Em suma, você não tem escolha.

"Ele dizia 'em suma' no início de cada frase. Tínhamos esgotado o assunto. Dois copos de vinho depois, porém, resolvi achar que Gildo estava errado. Eu tinha, sim, uma escolha: a de aceitá-los e me fazer aceitar sem ter que contar aquelas histórias todas.

"No entanto, eu já era mesmo um rebelde, e já fazia tempo que tinha superado o meu complexo de honestidade – o qual, em famílias pobres como a minha, é como uma tara congênita. Só me restava, portanto, aceitar o papel de famoso resistente.

"A partir daí, poderia ter ficado de papo para o ar até o fim da guerra sem nenhum problema. O que contava era a presença de Teodoro. Para alimentar a lenda, descíamos de vez em quando até o vale, e eu me exibia com a minha Sten a tiracolo. As pessoas já não me lançavam aqueles olhares fugidios que mesclavam curiosidade e vergonha. Olhares que faziam de mim um anão e com os quais já estava acostumado. Eu agora podia ver, nos olhos dos homens, algo parecido com admiração, inveja: baixinho mas porreta, eles pareciam dizer, até que suas mulheres os puxavam para dentro de casa. Eu nunca tinha me sentido assim, e minha sensação era de ter asas quando andava pelas ruas da vila. Teria enfrentado um exército inteiro de alemães só para merecer mais olhares desse tipo.

"Na montanha, dias e noites se sucediam com uma regularidade desconcertante. Havia sempre que inventar o que fazer, para não se entediar, não beber, não começar a brigar. Então eu lia. Um ex-padre desbatinado aparecia de vez em quando, trazendo um garrafão de vinho tinto. Ele bebia com os outros, e comigo ele lia. Era um homem esquisito, tinha um corpo comprido como um dia sem comer, e nunca falava de si mesmo. Não sabia por que ajudava os resistentes. Se eu insistisse, me olhava como se eu fosse uma ave de mau agouro. Um sujeito inquietante; felizmente, não aparecia com muita frequência.

"Tem que ver que a vida do resistente se resume, essencialmente, a duas atividades: achar o que comer e cuidar de sua arma como se fosse a sua mulher. O restante do tempo é preenchido com nostalgia, sono e silêncios intermináveis.

"Por diferentes motivos, Gildo e eu não participávamos da rotina coletiva; ele, porque era o chefe, e eu, porque não era nada. Nenhum de nós devia explicações ao outro e acabamos por nos tornar amigos.

Ele passou a me falar da sua vida, dos seus sonhos, das suas dores. Tinha sido expulso do Partido, junto com todos os membros de sua célula, por desviacionismo de esquerda ou de direita. Já não sabia ao certo. Sentia-se traído. Ele, que tinha sacrificado tudo pelo Partido, posto para fora feito um indigente. A afronta era insuportável. Ele então tinha se organizado, tinha procurado alguns ex-companheiros e os convencera a segui-lo por bem ou por mal. O fim justifica os meios. E tinha agora a sua própria brigada, à qual só faltavam objetivos e... um mito. Todos os ideais tinham de se encarnar num mito. Gildo descobrira Teodoro e ficaria com ele contra tudo e contra todos.

"No fim das contas, eu tive sorte. Aqueles homens não eram maus, e muitos deles acreditavam realmente que depois da guerra seria a hora da Revolução. Desconfio que era exatamente por isso que Gildo tinha sido expulso do Partido. Já fazia tempo que os chefes comunistas refugiados em Moscou tinham desistido de acreditar na Revolução. E me dava calafrios quando Terenzio dizia que seu sonho era morrer segurando sua Sten em meio a um monte de patrões caídos no chão. Terenzio não era o único a bradejar daquele jeito, e dava para ver que não estava brincando. Assim também Gildo que, mais instruído do que os demais, citava Bakunin e Stálin com os arroubos de um cristão evocando os santos do paraíso.

"Ensinaram-me a atirar e mais um monte de coisas úteis para a guerrilha. Gildo não era de elogiar, achava que estragava o espírito das tropas. Um dia, porém, confessou estar surpreso com minha firmeza do manejo da Sten. Respondi que, com um físico como o meu, tinha que me superar só para ficar na média. Gildo ficou bravo, me mandou parar com aquele papo de anão e saiu dali soltando palavrões.

"Mas, embora eu me esforçasse para ser igual aos outros, estava claro que o papel que mais me convinha era o de intelectual. Ou melhor, de guia espiritual, uma vez que, entre os livros que me repassavam, não raro me deparava com um Evangelho ou um breviário. De início, não conseguia me concentrar – não estava acostumado –, mas a leitura se tornou, aos poucos, meu passatempo favorito. E graças àqueles livros rasgados e manchados de banha é que pude seduzir a mãe de vocês", acrescentava com malícia.

Eu agora já era um menino crescido. E meu pai já não esperava eu fingir que dormia para contar as suas histórias. Ainda dizia "a mãe de vocês", apesar de minha irmã mais velha já ter ido embora havia um bocado de tempo, alegando que jamais poderia convidar um rapaz para ir àquele barraco enfumaçado e sem banheiro. E não estava de todo errada. Mas fiquei muito tempo chateado com ela por ter me deixado sozinho num barraco enfumaçado cujo poço estava ao alcance das almas mais simples.

Capítulo 5

O colégio e o liceu foram para mim uma lufada de oxigênio. Adeus, escola da vila, com seus gansos e porcos no pátio do recreio. Adeus, reino das figueiras e dos chorões encravados no pé da montanha, onde os camponeses caminham curvando a espinha e se cumprimentam sem mover os lábios.

O asfalto da cidade estava agora sob meus pés, imenso tapete voador que me transportava lá onde a vida pulsa mais forte. Eu cultivava o medo de me perder entre as centenas de ruas maravilhosamente idênticas, tão anônimas como quem as percorre. Gente a quem ninguém viria lembrar a existência de um pai meio anão.

Na cidade, além disso, não existia assombração. As almas penadas, quer dizer, as almas dos mortos, preferiam mil vezes o silêncio do campo. Na cidade, uma pessoa quando morre fica tranquilamente em seu túmulo ou, no máximo, contenta-se em dar uma voltinha no cemitério. Eram mortos modernos, gente que não estava nem aí para histórias de fantasmas. Era tudo que eu queria: até que enfim, um mundo sem histórias! E eu, leve como o vento, sempre apressado, só parando para abocanhar qualquer coisa ao passar.

Somente as garotas escapavam das minhas mordidas. Aos olhos delas, estava escrito, eu passava por um pobre cretino. Embora não fosse nem feio, nem bobo. Eu até me dava bem na escola e, depois de um comentário humilhante de uma menina que me interessava, tinha até bolado um método para andar na moda. Uma moda de supermercado, desnecessário dizer, mas era fácil e gratuita.

Uma vez, só por desafio, saí da Standa[1] carregando no ombro um tapete de três metros que custava os olhos da cara. Com meus amigos, depois de fazer um piquenique em cima dele, nós o abandonamos num jardim público. Acontecia de eu trocar de sapatos duas vezes ao dia.

---

1. Standa é uma grande loja italiana.

Botas pela manhã, botinas da Clark à noite, e teria até usado babuchas se pudesse, com isso, conquistar uma garota. Qualquer garota.

Mesmo que nada acontecesse, eu não entregava os pontos. E já que andava ganhando um dinheirinho – tirando o que guardava para meu uso pessoal, lançara-me no comércio de calças pata de elefante e outras ninharias –, comecei a espalhar que era filho de um tabelião de um metro e oitenta e morava numa linda mansão. No campo, acrescentei, depois que um colega de sala um dia me viu subindo no ônibus.

Não demorei a perceber que a vida de um rico-pobre não era tão simples assim. Precisava inventar um monte de balelas para me proteger do assédio popular. Quando começou a circular o rumor de que eu era rebelde por escolha, mas burguês por natureza, todo mundo, de repente, passou a me achar muito culto, e alguns insistiram para ir fazer os deveres lá em casa. Nem sempre era fácil arranjar uma boa desculpa para afastá-los. Principalmente quando "Boccuccia", uma menina do primeiro ano com boca de beicinho, me confessou que adorava nadar nua e que a minha piscina seria ideal para uma exibição de *crawl*. Declarei que meus pais eram católicos integristas, mas que eu estava tratando de convertê-los ao budismo. E que eu conhecia um laguinho, num lugar isolado, onde dava para nadar com toda a liberdade. Ela pareceu refletir por um instante, então girou desdenhosamente os calcanhares e foi se esfregar num sujeito cheio de espinhas que sentava na primeira fileira. Eu não podia deixar Boccuccia escapar. Para ela, tinha na manga um apartamento próximo ao mar, com uma lancha ancorada e mais um monte de sinais exteriores de riqueza. Os proprietários tinham ido para não sei onde e, por dez mil liras, um amigo cigano faria umas chaves para mim. Só mais uns dias. Até que o meu chapa teve um problema técnico: precisava de mais cinquenta mil liras para terminar de fazer as chaves. Dei-lhe imediatamente o dobro. Enquanto isso, tinha sempre comigo uma muda de cueca, nunca se sabe. Boccuccia podia até arrulhar para o filho do salsicheiro, mas não seria por muito tempo. Uma garota em meus braços, e a cidade seria minha para sempre. Era só uma questão de horas.

Mas isso era sem contar com os pintos.

Era de se esperar. O dia já começou mal. Eu estava de saída quando meu pai me chamou com um assobio. Ele agora vivia assobiando: para chamar nossa única vaca, o cachorro, as galinhas, minha mãe. Assobiava e todo mundo atendia, menos eu. Eu o via raramente nos últimos tempos, de modo que ele me parecia cada vez mais baixinho. Meu pai assobiou de novo, abanando uma cédula de dez mil liras. Queria que eu comprasse uma dúzia de pintos na cidade; era para eu escolher os mais robustos. Um pedido que não dava para recusar. Para ele, era a coisa mais normal do mundo.

Não houve aula naquele dia, mas uma enésima manifestação contra o ministro. Metade da sala estava vazia. Bem que eu teria gostado de ir, porque manifestações eram a oportunidade sonhada para dar em cima de uma menina. Tinha a nítida impressão de que, desta vez, a coisa era séria, mas como ignorava a própria palavra de ordem, não valia a pena ir levar cacetada só por levar.

Os pintos. A loja indicada por meu pai já não existia havia uns quinze anos. Mas havia uma que vendia animais na zona de onde se ouviam explosões de granadas lacrimogêneas. Não eram tanto as patrulhas que me preocupavam, mas o risco de alguém me ver carregando os pintinhos.

Como que de propósito, dei de cara com Boccuccia. Impressionante. Urucubaca em estado puro.

– Você vai à manifestação? – perguntei, feito um idiota.

Sem tirar os olhos da caixa de papelão, ela me fez observar que estávamos bem no meio dela. Os pintinhos piavam sem parar. Tive uma ideia de gênio.

– Você quer um, ou dois?

Boccuccia ficou boquiaberta.

– Ainda não testei, mas, a julgar pela aparência, parecem perfeitos.

Boccuccia parecia desconcertada. Formulou uma pergunta, hesitante. Eu já tinha uma resposta...

– O que eu faço com esses pintos? Limpo a bunda, ora, não é óbvio? Quê? Não está me achando com cara de criador de pintos, está? Espere aí... Então não sabe da última descoberta americana em matéria de higiene? Pintos, no lugar do papel? É uma sensação maravilhosa. Não faça essa cara. A gente não mata os bichinhos, solta depois de usar. Bem melhor para eles do que acabar na panela, não acha?

É provável que eu, na época, fosse bem menos convincente do que hoje, mas acreditava piamente no que estava dizendo. Por sorte, apareceu a brigada de choque.

Fiz questão de correr na direção mais perigosa, só para sumir do campo visual de Boccuccia.

Já nem respirávamos. Os policiais eram duas vezes mais numerosos do que nós. Só restava me fazer de morto, mas notei que para os que estavam deitados no chão a situação estava até pior. Súbito, fez-se um vazio à minha volta. Na entrada da viela, um grupo armado de cacetetes atacava os tiras pelas costas. Foi assim que consegui fugir, junto com um bando de elementos aos berros. À minha frente, uma garota de jeans esfarrapado estava com uma nádega totalmente à mostra. Corri, sem nunca perder de vista aquela nádega. Que era redonda e lisa como uma fruta. Vi a menina se esgueirar para dentro de um prédio, fui atrás.

– Fecha o portão, idiota, quer que eles peguem a gente?
Mas então arregalou os olhos castanhos claros:
– Você mora aqui?
Nisso me dei conta de que, em meio à confusão toda, não tinha largado a caixa com os pintos. Os quais continuavam piando.
Eu me agachei junto dela num desvão. Foi bem a tempo. A porta se abriu, dando a entrever três capacetes, e então tornou a se fechar com estrondo. Até os pintos pararam de piar.
– Droga, pode me dizer o que está fazendo com isso? – sussurrou a garota, como que acabando de descobrir que aqueles pintos eram a causa de todos os meus problemas.
– Se eu te disser que limpo a bunda com eles, você acredita?
– Não estou nem aí para isso...
Tinha cabelo curto e um rosto miúdo de dura na queda. O tipo de garota que não leva desaforo para casa. Bem ao contrário de Boccuccia, que olhava para a gente de soslaio. Não resisti à tentação de desviar os olhos para a sua calça rasgada. Ela se ofendeu.
Eu tinha uma opinião formada sobre armas. Não possuía televisão, mas já tinha visto mais de um filme e lido muitas histórias. Podia, sem problema, distinguir a arma de um caubói da de um policial. Nunca tinha sido contra armas, isso me parecia bobagem. Elas, de certa forma, me fascinavam. Eram, para mim, objetos perfeitos. Mas nunca teria imaginado que a garota que respirava ali ao meu lado precisasse de uma. Na minha cabeça, eram duas imagens incompatíveis.
Nossos olhares se cruzaram; ela entendeu que eu tinha visto sua pistola enfiada no cós da calça. Passado um momento de pânico, minha expressão enrijeceu. A garota se afastou, pisando nas minhas coxas. Ao mesmo tempo, puxou a arma e a apontou para mim. Soube depois que se tratava de uma Sig semiautomática, calibre 9 parabellum. As balas, eu as imaginava do tamanho de um ovo. Perguntei-me, por mera curiosidade, se ela seria mesmo capaz de atirar. Seus olhos eram dois

lança-chamas, mas ela parecia hesitar. Quando abriu a boca, as palavras se atropelaram na garganta.

Umas duas semanas depois, ela me garantiu que só não tinha atirado porque eu tinha cara de idiota.

Fiz amor com Cecilia. Mas, antes, ela me fez penar. Já desde o desvão em que nos escondíamos quando, pistola em punho, ela pediu meus documentos para ter certeza de que eu não ia denunciá-la. Não entendi a relação, mas lhe entreguei a nota fiscal da compra dos pintos: era o único documento que trazia comigo. Cecilia me chamou de retardado, e aí eu fiquei bravo.

Aquele foi meu último dia de escola. Enfim, não, já que estávamos em greve.

Eu praticamente não aparecia mais em casa. Sempre arranjava uma história - a especialidade da família - para contar para os meus pais. Para justificar minhas ausências noturnas, me inventei padeiro. Sábado de manhã, aparecia com um jaleco cheio de farinha, que minha mãe lavava para eu usar na segunda. Sim, os exames eram mesmo dali a um mês, mas não precisavam se preocupar, de jeito nenhum. Eu era um dos melhores alunos da turma.

Cecilia zombava de mim, por causa da minha vida dupla. Chegava a afirmar que era um comportamento reacionário. Ela não podia entender, éramos diferentes demais um do outro. Filha de divorciados! Para mim, um exotismo absoluto.

Éramos uns vinte a ocupar um prédio para os lados do Piccarello. Havia um monte de quartos, já que era um antigo asilo de alienados que acabara sem clientes com a ofensiva da antipsiquiatria. O bairro continha outras várias construções, que se erguiam anarquicamente sobre o pântano aterrado. Um bar, duas lojas, alguns eritreus, e nós – era só o que havia no Piccarello.

Falava-se muito em política entre aquelas paredes, mas também se transava um bocado. Um dia, ao entrar no meu quarto, vi Cecilia, nua, se agarrando às grades da janela. As nádegas que eu via, porém, não eram suas. Pertenciam a um hippie, um recém-chegado que tocava violão. Nessa hora, tive ganas de matá-la. Isso eu nunca tive coragem de lhe confessar. Gostava demais de Cecilia, e a visão de sua calça jeans rasgada no traseiro me obcecava. Nos primeiros tempos me contentava, como os outros todos, em desejar Cecilia de todas as formas e maneiras. Ela fingia não perceber meu interesse ou então tinha engolido a história da dinamarquesa. Eu não queria passar pelo único cabaço da turma, de modo que tinha inventado uma namorada no estrangeiro.

O martírio durou até o dia em que, depois de um saque a um supermercado, acabamos os dois num quarto com uma garrafa de Dry Martini, que emborcamos mais que depressa. Eu disse que tinha medo de gozar antes mesmo de tocá-la. Mas Cecilia já não me ouvia, me abraçava com força, me tirava o fôlego. A partir daí, foram só carreiras desabaladas, na cama, na rua; fugas e cacetadas. Andávamos ocupadíssimos. Eu tinha uma mulher e uma causa para defender, estava no sétimo céu. As armas só surgiram mais tarde, sem surpresa. Era natural, tinha deixado a padaria havia tempos.

Capítulo 6

No final do outono, voltei para casa. Uma vontade que me deu assim, de repente, qual pensamento triste vindo do nada, obcecante, e que consome a gente por dentro.

Avisei Cecilia por telefone: "Tenho umas coisas para fazer, a gente se vê daqui a uns dias". Ela estava no Norte, numa reunião importante, e tinha mais com que se preocupar. Respondeu, em tom expeditivo: "Tudo bem". Estava empolgadíssima. Dizia que tinha boas notícias sobre a Revolução e que, enquanto isso, eu por favor não me masturbasse feito doido.

Comprei uma dúzia de pintos no Consortium Provincial[1] e fui para casa.

O ônibus me deixou na estrada asfaltada. Chuviscava, e eu tinha um bom quilômetro para andar até poder me abrigar. Os altos espinheiros margeando a estrada esburacada ainda estavam verdes, mas já flutuava no ar um cheiro de podre. Persistiam as fétidas emanações dos pântanos, apesar das obras de melhoria[2], e ainda afloravam por tempo úmido: um vapor esverdeado se erguia, ligeiro, ao encontro da chuva.

O cheiro me atordoava. Era um dos feitiços do pântano para me atrair até sua superfície molenga, onde tanta gentinha se desancava feito condenada para produzir só miséria. Uma gente que eu amava, apesar de tudo. Meu pai estava na roça. Tinha confeccionado uma capa de chuva com um saco plástico de adubo. Estava semeando, fingiu não me ver chegar. Quanto à minha mãe, já tinha aberto a janela da cozinha e vertido umas lágrimas, logo enxugadas, pois sempre tinha um lenço ao alcance da mão.

---

1. Rede de armazéns criada sob o regime de Mussolini, em que se vendiam produtos agrícolas a preço de custo. (N. T.)

2. A região em que se passa a história é constituída por antigos pântanos que Mussolini mandou aterrar para ali estabelecer, notavelmente, populações vindas do norte da Itália, e criar, do nada, a cidade de Latina.

Estava todo molhado, tinha apanhado um resfriado, decerto não tinha comido nada. Minha mãe desfiou aquilo tudo antes mesmo de eu entrar. Não respondi, paralisado. Senti, naquele momento, uma mistura explosiva de tristeza, de carinho, mas de raiva também.

Por alguma obscura associação de ideias, pensei nas pernas de Cecilia, no triângulo escuro de seus pelos, e me senti um perfeito idiota.

Meus pais estavam me esperando. Nunca tinham deixado de me esperar, na verdade, cada qual a seu modo, e isso desde antes de eu nascer. Que pesada responsabilidade!

Bebi avidamente o chá de limão com mel de minha mãe, que surgiu como num passe de mágica. Havia uma pergunta em seus olhos. Mas, atentando bem, neles também se lia a resposta. Ou melhor, uma quantidade de respostas, uma mais séria do que a outra. Minha mãe nada dizia. De vez em quando, se virava para assoar o nariz. Então, de repente, do nada, pôs-se a falar da minha irmã, dizendo que a filha tinha virado uma feminista e não queria ter filhos. Não entendia por que as feministas eram contra ter filhos. Vai ver não tinha criado a filha direito. Minha mãe não entendia, sentia-se culpada.

Eu lembrava que sempre tinha visto aquela cozinha na penumbra, o que era para mim sinônimo de miséria. Já que o escuro permitia, justamente, ocultar a miséria. Eu nem precisava apurar o olhar para constatar que nada havia mudado, a não ser que aquele lugar despertava em mim novos sentimentos. Como se o tivesse visto, naqueles anos todos, de forma fragmentada e agora, pela primeira vez, o abarcasse num só olhar. Senti um calafrio.

Afora isso, estava tudo ótimo: meu pai tinha requerido sua aposentadoria de novo, e desta vez ia dar certo.

Resolvi ficar alguns dias.

Deitado na cama, pensava na época em que procurava ficar no quarto tanto quanto possível para poder ler. Lia de tudo. Desde *Sorrisi e canzoni*, uma revista horrível de que minha irmã não perdia um único número, até a *Ilíada*. Por que esse texto épico? Era um livro que um operário sazonal tinha afanado em algum lugar. Ele era filho de pai desconhecido e frequentara a escola dos padres, onde aprendera que a *Ilíada* era uma obra-prima. Eu também lia *Tex Willer*[3], *Mickey* e *Diabolik*[4], ao qual ainda era fiel. Já não achava graça nos "quac, quac" do

---

3. *Tex Willer*: conhecida história em quadrinhos italiana, cujo herói é um *ranger*.
4. *Diabolik*: história em quadrinhos cujos principais personagens encarnam o mal.

pato Donald nem nos galopes dos caubóis. Diabolik, ao contrário, era um herói bem contemporâneo: roubava e matava como tantos outros. Posteriormente, aderiu ao mao-feminismo e deixei de comprá-lo.

Nos sonhos de centenas de pessoas, dizem, aparece uma escadaria majestosa com tapete vermelho e sapatos de verniz. Já eu, à noite, sentia-me tragado por um precipício. Caía num buraco sem fundo; puro vazio. Um vazio que só podia simbolizar o pior, principalmente quando, no meio da imensa extensão de água lamacenta, surgia uma língua de terra. Esse pesadelo era tão recorrente que, um dia, criei coragem e contei para minha mãe. Ela me lançou um olhar candente e passou a tarde inteira espantando mau-olhado. A cada gota de óleo que caía no pires, um demônio aparecia.

Meu pai tinha outros truques para acabar com sonhos ruins. Quando estava na montanha, com Gildo e os outros, angustiava-se com a ideia de a guerra acabar.

"A guerra, de certa forma, me permitira existir de um jeito diferente, e eu temia o seu fim. Lá em cima, com meus companheiros, eu tinha valor. Sentia-me igual a eles, e até podia provar que era capaz de muito mais. Eu só conheci a mãe de vocês porque era um resistente! Tinha medo de, com a volta da normalidade, ela não querer mais me ver. Então sonhava, toda noite, que estava estrangulando meu cunhado Alfonso. E estrangulava mesmo, não porque ele era fascista, mas por motivos vagos e indefiníveis. No meu sonho, ele era o principal responsável de todos os meus dissabores. Eu então apertava o seu pescoço, enquanto minha irmã e os filhos gritavam de pavor. E continuava apertando, apesar das facadas que lanhavam as minhas costas. Nessa época, eu não podia fechar os olhos sem que me aparecesse o pescoço de Alfonso. Eu dormia cada vez menos, e dava para notar.

"Havia, conosco, um inglês. Gildo afirmava que era um espião e talvez tivesse razão. Mas Harry logo fez amizade com todo mundo. Era um sujeito estudado, embora não demonstrasse. Certa noite em que tínhamos tomado um pileque, achei natural comentar com ele sobre meu pesadelo. Harry começou a falar em traumatismos; quando viu que eu não estava entendendo, me perguntou à queima-roupa se eu já tinha matado alguém. Isso não é pergunta que se faça, respondi, e, de qualquer forma, quem atira em tempos de guerra não é um assassino. Ele não tem escolha. Harry sorria. Respondeu que a guerra era como um bordel exclusivamente frequentado por assassinos. A única diferença é que uns têm essa percepção, outros não. Não basta apertar o gatilho para entender o que esse gesto significa. Só assistindo à agonia de uma vítima para avaliar realmente as consequências desse ato.

"Eu não sabia exatamente aonde Harry queria chegar com aquela conversa. Lembro que, enquanto ele discursava, fui tomado por um estranho torpor. Como se a soma dos meus tormentos tivesse caído sobre mim. Na manhã seguinte, dei comigo, não sei como, na minha enxerga. Tinha dormido feito pedra, mas a partir daquele dia se estabeleceu, entre mim e minha Sten, uma relação baseada no respeito."

Meu pai deixou, portanto, de estrangular seu cunhado Alfonso, pelo menos em sonhos. Ao passo que eu continuava rolando na lama quase toda noite. Tinha me acostumado com meu pesadelo, a tal ponto que às vezes conseguia vivenciá-lo como espectador. Foi o que aconteceu naquela noite. O roteiro era o mesmo, só que eu não estava ali – eu me via de cima. Ainda era um menino, e em redor se estendia o costumeiro pântano para atravessar. Nunca que eu ia conseguir. Vista de minha cama, a cena era quase cômica. O problema, nessas coisas, é que nunca se sabe onde termina o pesadelo e começa o sonho. Quando é filme de terror de ponta a ponta, não tem problema. Naquela noite, porém, acordei quando meu cineminha pôs Cecilia em cena, trocando beijos apaixonados.

Quando finalmente levantei, já era a hora do almoço. Da cozinha, vinha o tilintar de pratos e um aroma conhecido. No interior, as pessoas almoçam ao meio-dia em ponto. Saí do quarto pé ante pé. Lá fora, havia um sol que não pertencia a estação nenhuma. De um vermelho fogo, mas sem calor. A terra marrom-escura das lavouras estava pronta para a semeadura. As porções destinadas ao trigo pareciam minuciosamente aradas. Do lado de lá da estrada, o cenário mudava radicalmente. O Lago de Ninfa ficava logo atrás da segunda curva; em suas águas geladas, a planície Pontina vinha lavar os pés dos Montes Lepini. A estrada que passava em frente à nossa casa era, na verdade, uma pista detonada, toda esburacada, devorada de espinheiros, mais frequentada por tratores do que por carros. Havia séculos que aquela estrada demarcava a fronteira entre o mundo do alto e o mundo de baixo. À esquerda, os búfalos e a malária; à direita, o vinho e a saúde. Uma sede administrativa que, meio século após as obras de melhorias mussolinianas, se espalhava feito um tumor no coração do pântano. Ainda hoje, a diferença salta aos olhos: de um lado, árvores frutíferas; de outro, fileiras de álamos separando plantações de forragem.

Mal-humorado, saí a caminhar sem rumo. Não havia vivalma nas redondezas. Estavam todos devorando toneladas de massa sem molho. Todos, menos Yo Svanvero. Sua mulher fazia só sopa para ele. Durante anos, eu ouvira Yo Svanvero gritar para a mulher, que lhe levava de comer nos vinhedos: "Essa sopa não tem nem gosto de marisco!". E, enquanto a pobre mulher se escafedia, ia-me nascendo a ideia de que o sexo das mulheres devia ser totalmente insípido. Cecilia era, até então, a única que me provara o contrário.

Yo vinha andando meio torto e, volta e meia, seu casaco curto ficava preso nos espinheiros. Estava agora muito velho para espantar o pileque trabalhando na roça. Já estava definitivamente embebido. Assim que me viu, parou para me observar por sob a aba do chapéu. Cabeça levemente inclinada, como que para recolocar o cérebro nos trilhos.

Ao imaginar sua mulher esperando por ele diante do eterno prato de sopa, me deu um acesso de riso, logo contido. Yo Svanvero era suscetível. Gabava-se de ter origens inglesas. Yo, na verdade, se chamava Joe, e de fato resmungava umas palavras estranhas. Mas ninguém saberia dizer se era inglês, alemão ou alguma língua especial que usava para conversar com suas vacas. Fosse como fosse, quando se esforçava, conseguia se fazer entender pelos candidatos que apareciam por ali em época de eleição.

Também parei para observá-lo. Yo Svanvero não era um vizinho igual aos outros e, lá em casa, bastava pronunciar seu nome para que eu obedecesse instantaneamente. Para mim ele representava o medo, o mistério. E não era nosso vizinho por acaso. Embora fosse mais velho do que meu pai, tinham passado um bom tempo juntos, nas montanhas, e Yo Svanvero viera se estabelecer na região quando tudo acabou. Meu pai evitava tocar no assunto, mas dizia-se, nas redondezas, que Yo Svanvero *sabia de muita coisa*. Estava firmemente postado sobre as pernas, como pronto para lutar em duelo. Embora não tivesse qualquer intimidade com ele, resolvi – sabe-se lá por que – levar o jogo adiante. Encenei dar uma estocada nele.

Minha mão nem bem voltara para o quadril, ele apontou para mim o dedo indicador.

– Você está precisando é de uma pimenta! – declarou, indignado.

Eu esperava qualquer coisa, menos isso. Adotei meu ar mais distanciado:

– Como assim?

— Você está procurando um jeito de se arrebentar, e a pimenta, colocada no lugar certo, faz milagres.

O velho estava em forma. Tinha resposta para tudo e estava até se expressando com clareza. Eu já o tinha visto naquele estado e, toda vez, se metia a me dar lições. Eu, naturalmente, não aceitava nada vindo de alguém que me assustara a infância inteira. Naquele dia, porém, não tinha nada a perder:

— Caraca, você sabe das coisas. Devia ter sido psiquiatra.

Ele, de início, achou que era um insulto, mas após madura reflexão gostou da minha piada.

Dez passos nos separavam. Eu estava prestes a avançar, mas ele apontou o dedo outra vez.

— Conheci muito espertinho com uns colhões deste tamanhinho. Todos eles se deram mal.

— Está falando de você... de vocês?

Por essa ele também não esperava. Àquela distância, não conseguia decifrar direito as suas caretas. Minha opinião era de que estava rindo.

Usava um casaco preto de veludo cotelê. Sua mulher dera o melhor de si, mas os dois remendos mais claros, nos cotovelos, decerto não eram um trabalho de costureira. O couro das polainas já devia ter sido de boa qualidade. Ele se virou em direção à sua casa.

— Você não almoçou, não é? Se gosta de sopa, tem uma marmita lá em casa.

Gargalhada.

Ele então se pôs a olhar para o céu e, pela sua expressão, estava claro que não via nada de bom.

— O sol hoje está esquisito — declarou, ainda olhando para cima. — Ele me faz lembrar outro céu, lá para os lados de Bordeaux. Tem a mesma consistência.

Yo Svanvero viajara durante a guerra, isso era certo. Mas eu custava a acreditar que fosse mesmo inglês.

— E onde é que fica isso?

Lançou-me um olhar furibundo.

— Bordeaux, seu burro! Será possível? O que é que ensinam a vocês na escola?

Sua expressão mudou, como se algo sério lhe ocorresse de repente, e Yo Svanvero acrescentou, insidioso:

— Verdade que, com esse clima de baderna todo, não sobra tempo para você ir à escola.

Fiquei imediatamente na defensiva. Alguém decerto andara falando de mim nas redondezas. Eu sumia durante meses, estava de cabelo comprido, não me vestia igual aos outros – sinais evidentes de que andava no mau caminho. E Yo parecia ser perito na matéria. Eu podia estar enganado, mas, sabendo-se com quem eu estava andando, era legítimo imaginar o pior.

– Alguma coisa contra as greves?
– Não. Embora, em minha opinião, não levem a nada.

Olhei de relance para a minha casa e avistei o lenço de minha mãe, debruçada na pequena varanda da cozinha. Baixei a voz.

– Vocês fizeram tudo que era possível, e já que se deram mal, não há mais nada a fazer. Conheço essa história.
– Não! Não conhece. Você vai ter que criar juízo!

Palavras, frases feitas, as mesmas desde sempre; canção de ninar para mentes agitadas. Eu vivia num mundo que fedia a velho. Na escola, em casa, no governo, no trabalho, na rua... os velhos estavam no comando. Não falavam, pontificavam. Não escutavam, sabiam; e não se apartavam do caminho certo, porque eles próprios o tinham traçado. Eu estava perdendo meu tempo em meio a espinheiros centenários.

Yo Svanvero, olhar atento, parecia ler meus pensamentos. Ergueu ligeiramente a aba do chapéu. A coisa estava ficando séria. Quando sentiu que podia se deleitar plenamente com as próprias palavras, ele atacou:

– Eu só queria te alertar para o perigo que a gente corre quando já não sabe onde termina a própria pele e onde começa o mundo. Mas isso deve ser complicado demais para você entender. Ainda é novo. Tem o sangue muito quente para poder decidir por si próprio. Quando for capaz de raciocinar depois de emborcar dois litros de vinho, aí sim vai estar pronto para ir a Bordeaux.

Eu não tinha a menor intenção de ir embora, muito menos para Bordeaux. Achava que Yo Svanvero estava ficando mole, e disse isso para ele. Ele ergueu um pouco mais o chapéu. Sorria:

– Já que você não é bobo, vou te contar uma história: era uma vez, numa vila, um sujeito que comia todas as mulheres dos outros. Era chamado de Yo, o Raio, porque era só o tempo de o coitado do marido acender um cigarro e, vupt, já era. Um verdadeiro problema para a vila. A mulher do peixeiro era a única que lhe escapava. Isso porque o marisqueiro nem dormindo largava a periquita da sua cara-metade. O peixeiro se achava esperto, mas sua vez chegou graças a um mosquito.

Ele levantou a mão para esmagar o inseto e, quando foi pôr de volta, escutou: "Tira a mão da minha bunda, seu veado!".

Minha mãe estava apoiada do parapeito da varanda, devia estar achando estranho eu e Yo Svanvero termos tanto para conversar a dez passos de distância um do outro. Minha mãe e ele eram velhos amigos e se entendiam por gestos. Apesar do respeito que lhe devia pela diferença de idade, minha mãe às vezes falava com Yo Svanvero como se ele fosse um moleque. Ele achava graça e adorava provocá-la. A atitude de minha mãe mudava quando Yo Svanvero e meu pai começavam a beber.

– Nada mau. Você conta histórias melhor do que na televisão – disse eu, na intenção de magoá-lo. – E a moral, qual é?

– Com tanto mosquito nos Pântanos Pontine, cuidado com a sua bunda!

Inclinou levemente a cabeça para observar o sol que, enquanto isso, começara a queimar.

– Tome tento. Não há nenhum lugar à sombra em Latina, nem mesmo na prisão.

Meu coração gelou. Diante de tudo o que planejava fazer com os companheiros, o que mais me assustava não era perder a vida, mas acabar na cadeia. Dava calafrios só de pensar. Talvez por isso tivesse vindo passar uns dias em casa. Precisava de uma trégua, num lugar em que ninguém mencionasse a prisão.

Yo Svanvero era um sujeito singular. Não frequentava a casa de ninguém, mas todo o mundo o conhecia. A maioria das pessoas achava que ele estava meio lelé. Segundo a farmacêutica e o padre, era o álcool. No meu ponto de vista, Yo Svanvero não era pior do que outro qualquer e, pelo menos, estivera na resistência. Quem já passou pela prisão sente seu cheiro de longe; devia ser isso que eu causava em Yo Svanvero. Lembrei do jantar do dia anterior, meu pai evitando o meu olhar. Estaria com medo de detectar o mesmo que Yo? O sentimento forte e súbito de ter atrás de mim essa terra cheia de espinheiros me deu náusea.

Na manhã seguinte, dei um beijo em minha mãe – aos prantos – e voltei para a cidade com minha caixa de pintinhos. Meu pai me obrigara a levá-los de volta, declarando que só um idiota para querer criar pintos em dezembro. Não era por isso que ele estava chateado, mas tentava se fazer entender do jeito que sabia.

Peguei o ônibus das 7h30, lotado de operários e estudantes. Não tinha escolha, o próximo era ao meio-dia. O cobrador conversava com um passageiro sobre política: "A única diferença entre um cara de direita e um de esquerda é que o primeiro se contenta em viver, e o segundo faz força para conseguir". Raros eram os passageiros, é claro, com quem o cobrador se dispunha a conversar no exercício de suas funções, sendo esses considerados pessoas respeitáveis. Lançou-me um olhar de reprovação e obliterou meu bilhete depois de conferir se não era falsificado. Devolveu-me o bilhete, fazendo o possível para controlar seu rancor:

– Soube que o seu pai ia finalmente conseguir a pensão de guerra. Eles, hoje em dia, estão dando para qualquer um.

Umas trinta cabeças se viraram para nós, senti minhas faces pegarem fogo. Não fosse pelos pintos me estorvando, teria de bom grado me enfiado debaixo de um banco.

Desci na primeira parada. Tendo descartado de vez a ideia de limpar a bunda com os bichinhos, abandonei meu fardo cacarejante na ponte do canal do Acque Medie.

Capítulo 7

Veio o verão. E depois outro. Entretanto, tinham sido indeferidos mais um ou dois pedidos de pensão de guerra do meu pai. Eu já quase não o via. Andava muito ocupado com a revolução.

Circulávamos muito naqueles anos. E não só de uma cidade para outra. Passávamos desabaladamente da ideia para a ação. Parecia-nos impossível fazer diferente; tínhamos vinte anos e, por bem ou por mal, tínhamos de ir ao encontro dos anos 70.

Fazíamos manifestações quase todo dia. Nas ruas, nas escolas, nas fábricas. Até nos cemitérios dávamos jeito de protestar. O Estado era fascista, e chamávamos os tiras de SS. Para nós, tínhamos voltado ao tempo da ocupação alemã. Com a diferença de que os muros da cidade estavam cobertos de slogans e que o rock urrava nas calçadas. Muitos de nós confundíamos guitarra com metralhadora. A culpa era dos carabineiros, que se mostravam mais sensíveis ao assobio das balas do que às flores dos hippies.

Então eu corria. Vez ou outra parava, sozinho, no colchão no chão de um apartamento vazio. Foi num lugar assim que fui entender por que tanto se falava em masturbação intelectual.

"Quando se passa horas e horas sozinho e armado, num esconderijo escuro, é melhor tirar o dedo do gatilho." Isso quem dizia era meu pai, e essa afirmação remetia a uma de suas histórias mais doídas. Uma história que, lá em casa, conhecíamos de cor e salteado, porque ele a contava toda vez que era negado seu pedido de pensão.

Meu pai sempre começava da mesma maneira: punha uma tora de lenha na salamandra, tentando ostentar uma expressão de nojo:

"... Era 44. Os Aliados desembarcaram em Anzio em 22 de janeiro. Em 25 de maio, em Borgo Grappa, as tropas vindas do sul se juntaram com as de Anzio. A linha de demarcação foi rompida, e os alemães tiveram de recuar para trás da linha Gótica. Naqueles quatro meses, vimos poucas e boas. Em março, os alemães se preparavam para rechaçar ingleses e americanos de volta para o mar. Quando, de súbito, a Wehrmacht começou a bater em retirada. E certamente não foi graças ao general americano Lucas, o qual, na minha opinião, era um incompetente. Mas os alemães estavam sem gasolina! E nós é que explodimos o depósito. Nós, o bando de imprestáveis que se alimentava de raízes na montanha, deixamos a Wehrmacht a pé!"

A julgar pelo sorriso malicioso de minha mãe, a história das raízes devia ser puro exagero. Mas caía bem na narrativa, como uma nota que serve para sustentar um ritmo. Sem ela, o trecho seguinte soaria diferente:

"Não foi só a unidade de Gildo que conduziu a ação, é óbvio. Quando ficou claro que os americanos iam desembarcar, formou-se – talvez por ordem deles mesmos – uma espécie de articulação com as unidades dos Castelli Romani[1]. Um ataque assim exigia uma centena de homens. Éramos meia dúzia de gatos pingados, mas, graças à minha fama e à de Gildo, tivemos um papel preponderante na ofensiva. Lembro que o pessoal do PCI ficou verde de raiva. Eles não suportavam Gildo, mas como ele tinha o mui tristemente famoso Teodoro ao seu lado, só podiam se conformar. O pobre Gildo estava certo quando dizia: 'Temos que tomar tento, dia desses os homens do Togliatti vão tentar nos dar o troco'."

Nesse ponto da narrativa, fingíamos não reparar na lágrima que meu pai teimava em disfarçar num acesso de tosse. Um Teodoro não tem direito de chorar, mesmo depois de acabada a guerra e mesmo sem sombra de pensão à vista.

Gildo morreu numa emboscada, no verão de 45, sendo que a guerra terminara oficialmente havia três meses. Estava a caminho de Fossanova, com meu pai e parte do seu bando, para um encontro promovido pelo Comitê Nacional de Libertação de Latina. Havia negociações, já que muitos resistentes se negavam a depor as armas. Mas havia no ar, principalmente, um cheiro de traição e obscuras alianças, enquanto prefeitos fascistas voltavam à cena com o consentimento dos padres e também dos comunistas. E eles, que tinham mandado pelos ares o depósito de gasolina dos alemães, não só não gozavam de nenhum reconhecimento como ainda havia quem quisesse processá--los por banditismo. Teodoro? O anão mítico? Todo mundo já sabia que meu pai não passava de um reles ladrão de pneus; quanto a Gil-

---

1. Os Castelli Romani – onde se encontra, notavelmente, Castelgandolfo – compõem um território de colinas situado a sudeste de Roma e ao norte de Latina, sede administrativa dos Pântanos Pontine.

do, era muito claro: o partido comunista o expulsara por atos de banditismo, quem sabe até a soldo do Rei.

De modo que muitos resistentes retornavam de armas e bagagens para as montanhas. E quando eram convocados pelos Comitês, alguns nunca chegavam ao encontro, outros acabavam presos. Raros eram os que conseguiam algum tipo de acordo ou podiam pleitear pelo menos uma pensão de ex-combatente.

Era um assunto espinhoso. Meu pai se exaltava: "A pior afronta foi quando me fizeram passar por napolitano!", exclamava, como se fosse suíço.

"Quanto ao meu ferimento na perna, disseram que eu mesmo tinha causado. Que havia um monte de homens atirando nas próprias pernas para poder reivindicar a pensão e que, se eu insistisse nessa bobagem de Resistência, iam tirar da gaveta umas antigas queixas por roubo de galinha. Eu? Ladrão de galinha? Dá para imaginar uma coisa dessas?"

Sempre desconfiei que, nesse ponto da narrativa, minha mãe teria gostado de esclarecer algumas coisas. Mas, por pudor ou respeito à História, abstinha-se de qualquer reparo. Seja como for, meu pai lhe lançava um olhar feroz e prosseguia, imperturbável:

"Resolvemos atender à convocação. Eles prometeram garantir nossa segurança e instituir uma série de coisas que eram importantes para nós: a demissão do prefeito – um ex-fascista –, um representante no Conselho Municipal, a restituição dos bens confiscados pelos fascistas como esforço de guerra e, se não me engano, mais de cem quilos de macarrão per capita. Para mim, parecia demais. Era o que eu estava dizendo para Gildo, quando surgiu um esquadrão de carabineiros, saindo a cavalo de um bosque. Por um momento, ficamos paralisados; estávamos a pé e a descoberto. O oficial que comandava o esquadrão ergueu a mão para cumprimentar Gildo. Este deu uma risada. Mas eu não me sentia nem um pouco tranquilo: conhecia os carabineiros de outros carnavais. Tratei de recuar, olhando em volta à procura de um abrigo. O medo não me deixava pensar. Ao ver minha reação, os companheiros de início ficaram surpresos e então começaram a escarnecer, a exemplo de Gildo.

"A imagem mais nítida que me ficou daquele momento é a do magnífico cavalo baio montado pelo comandante dos carabineiros. Imóvel sobre as quatro patas, focinho contraído, nobremente alheio ao calor e às moscas. Cavalo e cavaleiro passavam a imagem de um só deus onipotente.

"Gildo retribuiu à saudação erguendo sua Sten e virou-se para pedir aos companheiros que ficassem quietos – um pouco de respeito, caramba, este é um encontro histórico entre patriotas. Deu um, dois passos à frente. No terceiro passo, o oficial gritou: 'Morte aos terroristas!', e fez-se o inferno.

"Eles caíam feito moscas, e Gildo foi o primeiro a desabar. Eu nunca tinha ouvido tantas armas crepitando. É um estardalhaço que anestesia os sentidos, neutraliza o espírito. Só quem sabe o que está fazendo são as balas e as pernas. As minhas corriam por conta própria, mais velozes do que meus pensamentos. Passei sobre o corpo de Terenzio. Já estava morto, mas ainda se via em seu rosto uma tremenda vontade de viver. Corri, curvado ao meio para oferecer, se possível, um alvo ainda menor do que eu era..."

Essa última frase fora muito bem pensada. Notava que meu pai, com o passar dos anos, ia introduzindo uns toques de autoderrisão aqui e ali. Verdade que, quando um pobre homem vê uma pensão negada pela enésima vez, tem todo o direito de inventar qualquer argumento para acentuar sua invalidez. Lá em casa, tínhamos certeza de que mais dia menos dia ele ganharia a batalha contra a previdência social.

"... Foi o cheiro forte de manjericão que me acordou. Sempre achei que um mundo sem hortelã nem manjericão só podia existir debaixo da terra. Eu estava no escuro, mas atrás da parede de juncos ouvia uma galinha conversando com os pintinhos. Reconstruí, uma a uma, as sequências da minha fuga. O aterro do canal me salvara da saraivada de tiros, e também a bendita lavoura de milho, onde os cavalos se recusaram a entrar. Depois de correr até a exaustão, me refugiara numa cabana no meio da lavoura. Conhecia de vista o proprietário, um sujeito de Priverno que só ia ali para trabalhar e cuidar das suas galinhas. Ao pôr do sol, retornava para a vila. Eu pouco me distanciara do local da emboscada. Se constatando que eu não estava entre os mortos os carabineiros resolvessem dar uma batida, iam me achar facilmente.

"Apalpei o chão ao meu lado e pus a mão na minha Sten. Eu a trazia a tiracolo ao fugir e, sem que percebesse, ela tinha ficado no lugar. Peguei a arma e conferi se estava carregada. Com cautela, porque maltratar uma Sten no escuro é se arriscar a levar uma metralhada e acabar com tudo.

"O sol declinava rapidamente. Isso eu percebia pelo cheiro do manjericão, agora mais leve, e pelo piar da galinha chamando insistentemente os pintinhos. Resignei-me a passar a noite ali, segurando a Sten junto ao peito. Não sem antes puxar a trava de segurança, nem preciso dizer. Quando se passa horas e horas sozinho e armado num esconderijo escuro, é melhor tirar o dedo do gatilho..."

A Beretta estava no chão, junto ao colchão inflável em que eu me deitara para fumar.

Não havia luz elétrica no apartamento, só meu isqueiro, e uma meia agonizando em meio à poeira. Caçador de meias sem par – seria, sem dúvida, uma paixão menos perigosa e mais útil do que minha atividade revolucionária. As palavras de meu pai, moduladas em seu tom de fria ironia, zumbiam nos meus ouvidos.

Puxei a trava de segurança e afastei a arma com uma leve cotovelada. No piso de mármore, liso e frio, a pistola deslizou. Perguntei-me que efeito me faria um cheiro de manjericão no lugar do fedor de esgoto vindo do vaso sanitário em desuso há vários meses.

Lá fora ainda devia ser dia claro; o trânsito estava a mil. A pessoa que me oferecera aquele esconderijo recomendara que eu não abrisse as venezianas sob pretexto algum: o apartamento devia parecer totalmente inabitado. Motivos de segurança.

Eu tinha duas dúzias de iogurtes, mortadela e torradas. O suficiente para aguentar uma semana, se preciso. Lá fora, os carabineiros esperavam por mim. Eles atiravam com frequência naquela época e, caso eu caísse nas mãos deles, não havia muito o que apostar em minhas chances de sobrevivência.

Parecia tão impossível, com apenas 25 anos...

Verdade é que, quando foi detido pelo caporal alemão, meu pai era mais jovem do que eu. E daí? Naquela época havia a guerra, a fome, Mussolini e Hitler, traidores... Hoje, estava eu sozinho naquele apartamento terrivelmente vazio, no meio de uma cidade cheia de gente que abortava, se divorciava, se lambuzava de bronzeador, consumia comida macrobiótica e comprava manjericão no supermercado.

Época estranha aquela, em que corríamos cheios de empenho para a imobilidade absoluta, em que tínhamos tempo de sobra para reconstituir as feições daqueles que tínhamos perdido de vista.

O que fora feito de Cecilia depois de ela ir morar com uma amiga, esquecendo a sacola de golfe onde costumava esconder a arma?

"É só por uns meses, pintinho." Cecilia me chamava de "pintinho" desde a primeira vez que nos vimos. Eu não gostava do apelido, por causa da pérfida alusão que ele continha, mas Cecilia não estava nem aí.

Mais tarde, também passou a chamar de "pintinho" a amiga dela, a garota *tettona*[2] que estava sempre me olhando atravessado. Um dia eu dera com as duas deitadas na cama, nuas, se acariciando. Na hora, não disse nada. Qualquer censura soaria – como dizer? – meio mesquinha ou até contrarrevolucionária.

Eram lindas de se ver, assim abraçadas. Passou pela minha cabeça que o mais simples talvez fosse me deitar no meio delas. A amiga de Cecilia pareceu ler meus pensamentos: fulminou-me com o olhar. Fiquei ali parado. Não estavam fazendo grande coisa; devia ser a primeira tentativa delas.

As carícias continuaram. Inexperientes de início, cautelosas e acanhadas. Depois foram ficando mais ousadas na descoberta de um corpo de mulher, um corpo familiar. Melhor do que o de um homem. Carícias que não machucam, que intuem e antecipam os pensamentos sem cometer nenhum deslize. Uma pele lisa, no corpo inteiro. Diferente da de um cara.

E foi assim que ela partiu.

"Um período de estágio homo-bi, pintinho." Definiu assim sua derradeira batalha pela libertação semântica do sexo & cia. Quanto a mim, fiquei ali feito bobo, e por uma ou duas semanas não tive oportunidade de transar com outra garota. Ainda bem que a Revolução estava batendo às portas e depois... nada seria como antes. Uma pena, porque Cecilia, na cama, era uma bomba.

Como bom machãozinho que eu era, consolei-me pensando que, no fim das contas, era menos degradante ser trocado por uma mulher do que por um homem.

A luta seguia seu curso, e Silvana apareceu. Uma garota que só comia pistache e proferia insultos estranhos. "*Smandrippato, poraccio!*", gritou para mim na primeira vez em que a vi.

Eu estava em pé no meio de uma multidão de companheiros, discutindo estratégias político-militares. A expressão parece forte, mas

---

2. Em italiano, no original: de seios grandes.

esse era o nosso pão cotidiano. Tratava-se de uma assembleia de bairro em que, como sempre, metade dos presentes trazia uma arma no bolso. Eu acabava de declamar a mais grandiosa das minhas citações pessoais, mas, quando ressoou o *"Smandrippato, poraccio!"*, todos os olhares se voltaram para o fundo da sala.

Em meio à névoa dos cigarros, fui aos poucos vislumbrando uma garota morena, recostada na parede, um cone de papel na mão. Mastigava e cuspia, aos borbotões, cascas de pistache. Depois mergulhava a mão no cone e tornava a encher a boca. A moça estava de birra comigo, e alguns companheiros já começavam a achar graça.

Num breve intervalo entre mastigar um pistache e cuspir a casca, a garota, pensativa, ergueu o dedo indicador. Esperou que se fizesse silêncio e aprimorou seu diagnóstico: "Decadência mental com tendência 'sapodiana', signo de terra, não é grave, tem cura".

Tinha um olhar alucinado e voz rouca. Obviamente por efeito de ácido ou algo do gênero. Na verdade, como eu não tardaria a descobrir, o excesso de pistache é que a deixava naquele estado.

Aquela não era a sua única esquisitice. Em meio à fumaça, percebi que a conhecia desde muito tempo. Só nunca teria imaginado que as tranças da garota agressiva do fundo da sala eram as mesmas que eu tinha puxado, anos atrás, nos espinheiros do pátio. Desses espinheiros bem altos que, nos Pântanos Pontine, servem muitas vezes para demarcar os terrenos. E ela, já na época, tinha um gênio difícil.

Éramos dois molecotes do interior. Silvana apareceu por ali num dia de verão. Achei que era sobrinha ou parente de Yo Svanvero. Sumiu no fim de alguns dias depois de aprontar uma das suas, e sem termos tido tempo de nos conhecer realmente. Voltou para casa, disseram, e ninguém sabia direito onde era. Muitas coisas naquela terra ainda eram mistério para as crianças. Ela parecia uma mulherzinha, mas não devia ter mais que uns quatro anos quando derrubou, de propósito, o balde da meleca bordelense usada para sulfatar as videiras. Eu estava presente no local do crime, mas o executante, sem dúvida alguma, tinha mesmo sido Silvana. Yo Svanvero acorreu soltando palavrões, nem sequer nos atrevemos a fugir. Ela ainda estava com as mãos manchadas de verde, dava para ver a um quilômetro de distância, mas não sei o que foi que ela inventou, e quem levou a bofetada fui eu. Não éramos, no fundo, muito diferentes um do outro.

Voltando à assembleia, ou seja, à noite em que lhe inspirei inesquecíveis insultos e pensei que ela fosse toxicômana, eu tinha duas alternativas: desqualificar a maluca dopada como um bom stalinista ou me armar do meu mais belo sorriso revolucionário e abrir caminho entre a multidão.

Não podia imaginar que, ao chegar diante dela, seria metralhado por farelos de pistache. A situação podia degenerar: Silvana viera acompanhada, e seus amigos não traziam no cinto apenas cones de pistache. Naquela noite, as coisas não foram além. Não sei o que me deu, mas uma semana depois topei com ela por acaso e, enquanto trocávamos panfletos, de repente dei uma mordida no lobo da sua orelha.

As coisas se precipitaram. Silvana tinha um jeito todo seu de expressar sua dor e alegria, suas concordâncias e discordâncias. Muitas vezes não havia nada para entender no que ela dizia ou fazia, como ela mesma afirmava. Mas isso não importa, só lembro que a achava linda.

Uma beleza discreta que não saltava imediatamente aos olhos, mas que se ia descobrindo aos poucos. Silvana estava na idade em que ora parecia uma menina, ora uma mulher. Na rua, quando resolvia abrir mão dos pistaches, deixava-se atrair por uma infinidade de coisas e parava para olhar. Discutia com as pessoas, o que às vezes acabava mal. Em suma, não se chegava nunca ao destino. Não adiantava insistir, ela sempre tinha razão. Mas o verdadeiro problema é que ela já tinha namorado. Um durão chamado Fausto.

Sabia-se que ele estava à frente de uma organização armada que cuidava sobretudo das prisões. Eles tinham até um jornal, onde se lia que todas as prisões deveriam ser queimadas. A ação, partir para a ação – já não se fazia outra coisa. Parecia uma guerra civil. A não ser para Silvana, que pendia mais para o amor.

Um dia em que juntávamos nossa roupa espalhada num quarto que alguém emprestara, Silvana pegou minha cueca. Cheirou-a, proferiu um dos seus insultos e enfiou-a no bolso. Tentei recuperar minha cueca, entrando num bestial corpo a corpo que terminou no chão. Meia hora mais tarde, minha cueca continuava no bolso de sua calça jeans e, se a quisesse de volta, teria de acompanhá-la não sei aonde, a um encontro com não sei quem. Do contrário, ela a mandaria para Fausto depois assiná-la com meu nome. Supondo que isso fosse necessário, já que o cheiro pavoroso de um cruzamento bastardo de *britagem* com *forragem* – segundo Silvana – era mais fácil de identificar do que uma impressão digital. E Silvana nunca brincava.

O encontro num bar. Ele estava no balcão. Eu o reconheci de costas, um sujeito que já jogou na seleção nacional de basquete não passa despercebido. Quando os sininhos pararam de tocar nos meus ouvidos, como sempre tocavam na hora de eu passar para ação, caminhei até o bar, a contragosto.

Pela cara que ele fez quando nos viu, percebi imediatamente que aquilo ia acabar mal. Fausto provavelmente nunca tinha dado risada na vida, mas ali... Arregaçou a manga da camisa e consultou o relógio. E então, gélido, apontou o dedo para nós:

"Mais de dez minutos de atraso. Sinal de irresponsabilidade."

Silvana me lançou um olhar severo e foi depressa cumprimentá-lo. Um beijo na boca antes de tomar do copo dele um gole de leite com hortelã. O leve inchaço no bolso da sua calça revelava a presença de minha cueca. Fausto me consultou com os olhos, e então fitou fixamente o barman. Veio o café. Parecia estar tudo normal; só faltava apertarmos as mãos.

Silvana, sem mais nem menos, começou a falar de nós dois e eu engasguei com o café. Contou nossas intimidades nos mínimos detalhes. Senti tanta vergonha que queria sumir num buraco. Fausto, o olhar claro, escutava com interesse. Até parecia que era o amigo do amigo. Ele entendia: são coisas que acontecem; o mundo é grande, e o importante, companheiro, é gozar. Nem pareceu se abalar quando Silvana anunciou que o melhor era ir morar comigo "só por um tempo, meu amor, depois a gente vê". Podia fazer a mudança a pé já que, por sorte, eu morava perto.

Fausto estava com as veias do pescoço inchadas, mas não tinha nada a objetar. Para nós, que já estávamos com um pé no futuro, era óbvio que sentimentos como amor ou ciúmes equivaliam mais ou menos a uma flatulência burguesa.

Para se mostrar ainda mais fiel às suas convicções, Fausto nos convidou para um drinque num lugar enfumaçado, em que terminamos a noite falando de política e rock'n'roll. No bolso de Silvana, minha cueca agora já pertencia ao povo.

"A propósito, sabe que ontem, em Milão, havia cem mil manifestantes gritando: 'Abram as prisões, somos todos culpados de insurreição armada!'?"

Assim é que era. Fausto era um mentiroso, um sujeito profundamente ancorado em nosso tempo, um exemplo da nova sociedade liberada: precisava dar o exemplo. Silvana, que cutucava meu pé embaixo da mesa como se estivéssemos a uma mesa de bridge, também tinha um bocado a dizer sobre esse mundo de ladrões. Tínhamos razão, e eu me sentia muito bem. Teria até chorado de alegria, não fosse uma ideia estúpida me passar pela cabeça: será que, no lugar de Fausto, eu me mostraria tão heroico?

Continuei a frequentá-lo, mesmo enquanto dividia a minha vida, o meu destino, com Silvana. Fausto era pouco mais velho do que eu. Era determinado, mas, por trás da casca dura do militante, tinha humanidade para dar e vender. Havia muitos como ele nessa época, homens e mulheres cujos rostos lindos transbordavam de histórias que eu ouvia como ouvia as histórias dos meus pais. No fundo, não pareciam muito diferentes umas das outras.

No mar tumultuoso dos anos 70, Silvana navegava na intuição: breves saídas ao largo e retorno ligeiro à cama para explorar seus abismos. Dia seguinte, na rua, voltaria a desafiar a vida, como eu. Ali estávamos nós, sozinhos, belos, invencíveis. Também havia, é claro – vez ou outra – os carabineiros que nos perseguiam, mas eram meros incidentes de percurso que não nos impediam de nos sentir cada dia mais próximos. Nossa fobia comum de meias sem par também contribuía para nos unir. Em vez de ficar furiosa sempre que sumia uma meia, Silvana, para ser diferente, optava por sofrer em silêncio. Em compensação, era capaz de ficar fula de raiva por motivos muitíssimo mais fúteis do que a perda de uma meia.

Éramos, os dois, da terra das urtigas. Intuição garantida.

Nós nos sentíamos poderosos; estávamos no centro de força dos movimentos populares, no fogo dos acontecimentos espontâneos. Uma espécie de calor nos envolvia na certeza de estarmos afinados com o desejo coletivo. A Revolução estava próxima.

Silvana, infelizmente, ficou grávida meio cedo demais e, sem me consultar, decidiu ter o bebê: "Para mim, você é um ótimo pai. Mas como homem não passa de um *cafetão esquisitão* que só faz o que lhe dá na telha". Não havia o que acrescentar.

Silvana, eu estava cansado de saber, nunca brincava com certos assuntos. Mas vivíamos em tamanha correria na época que deixei pra lá. Achei que ela só estava nervosa, que depois conversaríamos com calma. Não adiantava me angustiar. Consegui convencê-la a nos afastarmos por um tempo. Mas, como éramos ambos militantes muito engajados, acabamos nos perdendo de vista.

Em meio ao turbilhão, evitava pensar no que seria de mim se ela me deixasse. Quando as tardes custavam a passar e sua presença impregnava a sala toda, alguma coisa se consumia dentro de mim e tinha que me segurar para não chorar. Nunca teria imaginado que pudesse sofrer tanto por uma mulher.

Silvana voltou para casa três meses depois. Trazia na mão um enorme cone de pistache: tinha vindo me dizer que ia embora, que era sério. Se não tivesse, ao mesmo tempo, me lançado um monte de insultos, jamais teria acreditado que ela ia mesmo me deixar.

Eu tinha a impressão de ouvir o tempo todo um ruído de passos no corredor. Sabia perfeitamente que não era nada. Tiritava de frio, embora fosse final de julho. Tudo por causa daquele apartamento vazio. Algo de irracional pairava ao meu redor. Acendi o isqueiro, e a chama brilhou até me queimar os dedos. A luz trêmula me aquecia um pouco o coração. Me levava de volta para casa, para as figueiras e os espinheiros, para a nossa cozinha sempre imersa na penumbra, a luz vacilante do lampião de gás fazendo as paredes dançarem sem cessar. Eu temia por mim, mas também por Silvana e por... menina ou menino? Não deveríamos ter nos separado. Éramos felizes juntos e, podia pôr minha mão no fogo, minha mãe teria gostado muito de Silvana. As duas tinham, em comum, o senso prático das pessoas que conhecem e apreciam o valor essencial das coisas; minha mãe, por necessidade, e Silvana, por princípio.

Tentei reacender o isqueiro. Em vão, estava sem gás. Só me restava estourar os miolos. Uma pistola funciona até no escuro. É só apertar o gatilho depois de apontar o cano para o lugar certo. Tudo bem, mas que lugar? Eu já tinha ouvido muitas histórias de suicídios fracassados. Como o de um colombiano, por exemplo, que conhecíamos só de vista. Um cara eternamente dopado, que dera um tiro na têmpora com uma 6.35. Era inverno, num hotel à beira-mar. O colombiano estava com um grupo de amigos. Toxicômanos como ele. Os hóspedes do quarto ao lado julgaram escutar uma detonação, mas não deram importância. Minutos depois, ouviram bater à porta. Ao abrir, deram de cara com o colombiano. Vivo, mas com os olhos saindo das órbitas.

Estremeci com a ideia de ficar cego. Atroz perspectiva: uma vida inteira na escuridão, assombrado noite e dia por espíritos malignos. O suicídio não era uma coisa séria. A Revolução era, mas me fugira entre os dedos e escapulira atrás de outros amores. Como fizera

Silvana com seu ventre redondo. Algo me dizia que era menina, pelo menos era o que eu esperava para ela. Talvez não fosse nada irrevogável. Um dia eu ainda sairia por aí com a pequena encarapitada nos ombros. Correríamos junto ao rio, à beira d'água, enquanto Silvana, atrás de nós, gritaria de pavor. E zombaríamos de Yo Svanvero, que a essa altura já não assustaria mais ninguém. Seria tão formidável!

Com isso é que eu sonhava certa noite de 1979, num apartamento vazio no meio de uma cidade cheia de gente ocupada. Reconstruía as vidas à minha maneira: Yo Svanvero, o bordelense, pai secreto de Silvana, que integrara o batalhão San Marco durante a guerra e morava no estrangeiro, à beira-mar. Nesses devaneios também entrava o meu pai, que não escolhera ser um herói – e um herói bem pequenininho, ainda por cima –, mas passara uma noite inteira numa cabana de ferramentas no meio de um milharal, apertando a Sten junto ao peito, talvez habitado, como eu, pelo desejo de disparar sem querer. E, só para variar, os alemães não tinham nada a ver com isso. Quem estava atrás dele? Fervorosos patriotas. Esses mesmos carabineiros que, hoje, estavam à minha caça. Curiosas coincidências!

Não creio que fosse minha intenção me equiparar aos resistentes. A diferença saltava aos olhos: eles sofreram a ocupação nazista e fascista, enquanto nós aguentávamos a democracia cristã, o partido comunista... eleitos do povo defendidos pelos carabineiros. Mas, olhando bem, também Hitler e Mussolini tinham sido democraticamente eleitos, embora hoje sejam vistos como dois golpistas. Não eram como um Pinochet ou outros comparsas que Estados Unidos e Inglaterra tinham posto no poder para conter o obscurantismo vermelho.

Minhas recordações são incertas e perdem em eficácia. Acho, inclusive, que são só aproximativas. Como é que fui pensar no Chile, numa noite de julho em Roma, comendo torrada com mortadela, quando tudo ao meu redor ressoava uma boa justiça burguesa, e as pessoas, nos bares, tomavam cerveja ouvindo Jacques Brel? Com a "democracia", acabaram-se as causas, as causas sérias. Só sobrava espaço para os marginais, os subversivos.

Na certeza de que acabaria acordando seriamente algum dia, acabei adormecendo...

Capítulo 8

... para acordar em Paris, cerca de três anos depois.

Fazia mais de um mês que eu andava pela cidade. Não procurava nada em especial, carecia de tudo sem nenhuma ilusão. Percorria a cidade para lá e para cá porque estava frio, e caminhar me mantinha aquecido. Avançava passo a passo, ao ritmo cada vez mais ligeiro dos meus pensamentos. Mãos no bolso, coração entre parênteses, perguntava-me seriamente como tinha vindo parar ali. Não por amnésia, decerto, mesmo porque sabia muito bem das circunstâncias de minha fuga. Sabia mais, em todo caso, do que o juiz que me prometera casa e comida pelo resto da vida. Não era isso. O que eu queria descobrir era se por acaso algo importante me escapara durante a viagem. Quando tudo passa rápido demais, acontece de a gente se perguntar se andou passando no sinal verde ou no vermelho. Optamos, naturalmente, pelo cenário mais pessimista e nos sentimos desarmados.

Meu problema era Silvana. Para superá-lo, só me restava ignorá-lo. Estava disposto a correr o risco. Mas em Paris chove o tempo todo, e Silvana gostava de cantar na chuva. Eu a via buscando uma melodia; ao ritmo de sua respiração, sua roupa ia aos poucos grudando na pele. E ela entoava uma canção. As pessoas se viravam ao passar, mas Silvana não as via. Ela cantava, caminhava, cabelo moreno batendo nos ombros, um brilho de promessa no olhar. Se não estivéssemos com tanta pressa, podíamos ter parado e nos nutrido um do outro. Mas o povo é impaciente, não dava para deixá-lo eternamente esperando. Uma vez cumprida a Revolução, e quando o tempo só a nós pertencesse, iríamos para a cama escutando a chuva e cantaríamos canções de amor. "Depois" era uma palavra que Silvana não apreciava. Ela vivia só no presente. Por isso foi embora para sempre, com um filho na barriga e sem derramar uma lágrima.

Mas não foi só a chuva que me acordou em Paris. As mulheres grávidas também tiveram um papel importante. Num dia em que perambulava pelo Jardim de Luxemburgo, vi uma que me tirou o fôlego.

Estava de costas e tinha o mesmo andar de Silvana, o mesmo penteado. Só podia ser ela. Não atinei nem por um segundo que mais de três anos se tinham passado desde que ela sumira da minha vida. Meu cérebro se negava a imaginá-la diferente de quando a vira pela última vez: levando no ventre um filho que não podia ter nascido em minha ausência.

Pus-me a seguir a mulher. Podia tê-la alcançado, encarado de frente, entendido que dificilmente podia ser Silvana, mas estava muito ocupado tentando acalmar meu coração, que parecia querer saltar fora do peito. Continuei a segui-la enquanto ela saía do jardim e enveredava por uma rua deserta. Notando minha presença, apressou o passo. Eu devia ter visto que ela estava assustada, que eu estava cometendo uma imprudência. Em vez disso, interpretei esse início de fuga como uma confirmação de minhas suspeitas. Silvana não tinha, como diziam, ido embora para a Argentina com um *montonero*[1]; também não tinha ido pelos ares durante o transporte de um carregamento de armas. Silvana vivia em Paris, ainda estava grávida e, naquele exato momento, estava tentando escapar de mim.

Pus-me a correr. Ela também. Quase a alcancei à altura do bulevar Saint-Michel. Mas a mulher, sem hesitar, jogou-se no meio do trânsito. Na hora do pico, os carros deslizavam colados uns nos outros, qual bando de tubarões famintos. Fiquei observando quando ela desviou dos para-choques com uma elegância de bailarina. Era linda, e não podia me escapar logo agora. Me joguei por minha vez...

Deu tempo de ver, antes do impacto, a fisionomia transtornada do motorista do ônibus.

Acordei no hospital. Havia outro leito no quarto, mas estava vazio. E eu estava sem agulhas no braço, sem gesso também; sentia-me com a mente descansada como talvez nunca antes tivesse sentido. Atribuí a um efeito da morfina ou outra substância do gênero, mas descartei imediatamente essa ideia: estava lúcido demais. Eu me lembrava de tudo: do ônibus, do acidente, da mulher grávida que eu confundira com Silvana; três anos de gravidez – nem uma baleia chega a tanto. Mas lembrava, principalmente, de todos os sinais vermelhos que já queimara na vida de olhos fechados. Talvez houvesse, afinal, um pouco de droga misturada às minhas lembranças, já que em vez de estremecer ao pensar nos riscos que tinha corrido, tive vontade de

---

1. *Montonero:* como eram designados os militantes argentinos.

rir. O que eu teria feito até rebentar, se não estivesse com umas duas, três costelas quebradas.

Afirmei à enfermeira, que me fitava preocupada, que estava rindo por causa do meu pai. Como ela não parecesse entender, acrescentei que se tivesse um pai igual ao meu, estaríamos os dois rolando no chão de tanto rir. A enfermeira meneou vagamente a cabeça e saiu depressa do quarto.

Retornou dois minutos depois, com um sujeito que tinha todo jeito de um médico encontrado por um triz no final do expediente. Como eu ainda estivesse com lágrimas nos olhos, imediatamente adotou um ar sério. Tomou meu pulso, examinou meus olhos e pôs dois dedos sob o meu queixo antes de decretar: "Clássico. É uma reação nervosa. Pode acontecer, em casos de choque violento, de algumas glândulas secretarem substâncias hilariantes. Um Talvin deve acalmá-lo até amanhã".

Ao sair, passou a mão no traseiro da enfermeira.

A injeção aplacou a dor no tórax, mas a vontade de rir persistiu. Não havia jeito de eu tirar da cabeça a imagem do meu pai, todo encolhido no barraco em que se refugiara. Com um som de botas lá fora e, dentro, um insuportável cheiro de merda, a sua própria.

Esse episódio, naturalmente, não era sabido de todos. E não só porque não tinha nada de glorioso. Até mesmo quando ele se atrevia, o vinho ajudando, a contar a história toda, nenhum adulto queria levá-lo a sério. E quando enveredava em suas obscenidades – verdades verdadeiras, segundo ele – valia qualquer expediente para fazê-lo calar. Mas meu pai insistia, e quando já não havia jeito de continuar naquele registro, ia deitar mandando todo mundo longe. Então minha mãe, enxugando umas lágrimas, se despedia de parentes e amigos. Pouco depois de ir ter com meu pai no quarto, ouviam-se gritos.

Quanto a mim, era a parte da história que mais me agradava. Minha sensação era a mesma de quando ele recordava os pneus roubados aos alemães. Havia nessas horas, em seus olhos brilhantes, uma faísca de provocação que tornava menos árduo o meu caminhar para o mundo dos adultos.

Quando contemplava à contraluz o conteúdo do seu copo antes de esvaziá-lo, era sinal de que o serão seria bom. Não que houvesse muito para ver, na verdade, já que o copo, sempre cheio de um vinho preto como tinta, se tornara opaco com o uso.

"A luz arroxeada do amanhecer já filtrava através dos juncos. Eu ainda não tinha pregado o olho. Quem nunca passou uma noite sozinho no campo não faz ideia da algazarra que é. Eu estava tão de orelha em pé que teria ouvido um sapo pulando a um quilômetro dali. Imaginem, então, com aquele concerto de insetos, fora e dentro da cabana. Com ou sem carabineiros, os mosquitos trataram de me manter acordado. Aos primeiros clarões do dia, readquiri confiança e coragem. Meu esconderijo era visível demais, mas todo mundo sabia que os carabineiros eram uns burros. Ou, então, a mulher do comandante estava grávida, e ele não tinha tempo a perder com um sujeito como eu. Quem sabe eu tivesse me safado. Tínhamos virado uns subversivos... Ia até achar que era piada de mau gosto, se não tivesse visto Gildo, Terenzio e os outros caírem sob as balas dos fuzis e a metralha. Precisava dar um jeito de chegar ao resto do grupo para dar a má notícia. Para podermos nos preparar para o pior, se é que já não era tarde demais.

"Não eram só os mosquitos que me chupavam o sangue. O chão de terra batida fervilhava de pulgas. Levantei-me de um salto e esbarrei numa prateleira; uma dúzia de gamelas se estatelou no chão.

"O barulho acordou o galinheiro. Prendi a respiração, não tendo ainda descartado a presença de carabineiros nos arredores. Não que aquela fosse a melhor forma de conferir. Apesar do pipilar dos frangos, julguei escutar um som distinto. Como de alguém contendo a custo um acesso de tosse. Não quis acreditar, evidentemente; estava muito tenso e tremia igual vara verde. Tentei respirar fundo, recobrar a calma, como me ensinava o padre desbatinado, lá em cima, nas montanhas, sempre que eu entrava em crise e queria ir para casa a todo custo. Impossível: o ar só entrava a conta-gotas. Outro ruído estranho. Havia alguém por ali, e eu podia jurar que eram os carabineiros com suas metralhadoras. A primeira coisa em que pensei foi na minha Sten. Não para atirar; de que adiantaria, frente a um pelotão de carabineiros? Mas para escondê-la. Peguei minha arma e me enfiei debaixo de uma pilha de sacos de juta totalmente podres, de que na véspera eu fugira como da peste temendo que fosse um ninho de bichos. Me encolhi o melhor que pude debaixo dos sacos. Podia estar enganado, mas o medo, como se sabe, pode pregar boas peças.

"Passado menos de um minuto, um som de passos destruiu minhas esperanças. Ouvi a porta ranger: decerto era a tábua de madeira que eu fizera de tranca para opor mais resistência. Um forte pontapé, e a porta cedeu. Ouvi, quase em seguida, o relinchar de um cavalo. Eram eles.

"Sempre tinha ouvido falar que, quando estamos para morrer, vemos desfilar os fatos mais marcantes da nossa vida. Algo como uma mão estendida oferecendo ao pecador sua última e fulminante chance de redenção. E assim, certo de que havia chegado minha hora, borrei as calças.

"De início, achei que fosse normal. Que estava revivendo as banais evacuações fisiológicas dos primeiros meses da vida. Mas, mesmo na hora de passar desta para melhor, é uma sensação esquisita sentir merda quente escorrendo pelas coxas. A gente instintivamente se põe de pé. Esquecendo talvez que acidentes desse tipo não se incluem entre os fatos essenciais de uma vida, livrei-me do monte de sacos putrefatos. Eles que me matassem, já estava mesmo farto de andar sempre na merda. Mas o filme não terminara. Ainda tinha muitas cenas pela frente antes de ver a palavra "fim" se inscrever na tela.

"Só o tempo de a imagem readquirir seus contornos, e Yo Svanvero me apareceu na fraca claridade da cabana. Não podíamos estar revivendo juntos um fato que ainda não tinha ocorrido. Nem ele parecia acreditar. Baixou a mão que empunhava uma pistola e, com a outra, tapou o nariz."

Em geral, nesse ponto da narrativa a insatisfação começava a se manifestar, e meu pai ia se deitar, despeitado. Mas quando ele pulava o episódio fecal, tínhamos direito ao resto da história.

"... Os que tinham ficado na montanha também tinham sido atacados. Os outros chegaram lá em cima armados até os dentes; estavam por toda parte, e não usavam uniforme. Yo Svanvero, que passara a noite consolando a viúva de um médico colaboracionista, cruzou com eles quando tornou a subir. Teve a sorte de não ser visto. Quando chegou ao refúgio, já não havia mais ninguém. Pelo jeito como os corpos estavam dispersos, dava para ver que os companheiros tinham se defendido o melhor que podiam. Yo Svanvero então correu até o vale atrás de um cavalo e saiu em disparada na direção de Fossanova, o local do encontro. Mas também lá chegou tarde demais. Já despontava a aurora. Julgando ser muito arriscado tornar a montar ao raiar do dia, resolveu se esconder no barraco de algum camponês. E foi assim que acabou...

... na mesma cabana que eu."

Decerto era o Talmin injetado pela enfermeira que me propiciava aquela sensação de paz e bem-estar. A voz das lembranças chegava aos meus ouvidos como um sopro suave que eu queria que fosse sem fim. Transportava-me para diferentes lugares, embora em todos eles reinasse uma mesma atmosfera. Quando me demorava um pouco mais, também as paisagens se fundiam numa mesma imagem. Como se épocas distintas, ao se unirem, tivessem criado um espaço universal, fonte única do destino. Sonhei, por fim, com uma sala no centésimo andar de um arranha-céu de Nova York, acarpetada a perder de vista e percorrida por ruidosa multidão. E eu, no meio dela, empunhava a taça de melhor caçador de meias sem par.

Capítulo 9

O que estava acontecendo não era, em si, algo extraordinário. Mas fora preciso um traumatismo acompanhado de surtos hilários para eu parar um instante, para eu tentar entender. Sempre acreditara que o que distinguia um ser humano do outro eram os seus ideais. Mas havia algo mais. Para a gente pobre, as chances de passar da condição de caça para a de caçador sempre foram muito magras. Disso eu já suspeitava naquele apartamento vazio de oitavo andar. Naquela noite, pus-me a buscar pontos comuns entre mim e as histórias que meu pai contava.

Embora o fedor não viesse de mim, o lugar onde eu estava também cheirava a merda. O que mais me perturbava, porém, era o barulho. As paredes eram de papelão: bastava alguém puxar descarga para o prédio inteiro estremecer. É incrível a quantidade de gente que vai ao banheiro à noite. Talvez porque fosse um bairro popular e as pessoas se alimentavam mal. Seja como for, tenso como eu estava, bastaria o espirro de uma aranha para eu acordar aos sobressaltos. Só o que eu queria era dormir e parar de pensar, pelo menos até o dia seguinte.

Refém do tempo: minutos que se estendiam feito horas, anos comprimidos num minuto. Eu estava entre o fim da corrida e o começo de um cerco. Se Silvana estivesse comigo, eu pelo menos fingiria ter coragem. Era sempre assim que eu dominava o meu medo. Mas ela tinha ido embora e, mesmo sua ausência sendo insuportável, não iria querer que ela afundasse comigo.

Ainda assim via a mim mesmo como a uma espécie de miraculado: como conseguira, no dia anterior, escapar de um ataque de carabineiros? Tínhamos sido dedurados. Não era a primeira vez, cerca de cem pes-soas haviam sido mortas nos dois últimos meses. Sim, eu tinha tido sorte. Mas meu coração parava de bater ao menor rangido suspeito, e a tábua de salvação podia ser melhor. As noites, além do mais, me pareciam meio frias para um mês de julho. Mas...

"Não existe estação do ano para os estados emocionais. Quando eles resolvem nos perturbar a vida, dá para tiritar de frio até num 15 de agosto."

Meu pai e sua impecável imagem do medo. A metáfora era um tanto exagerada, mas acho que ele fazia de propósito. Era o que eu lia em seu olhar, de repente cheio de malícia.

"Yo Svanvero, de início, tentou me encorajar. Mas ao fim de um dia inteiro passado na cabana esperando anoitecer, perdeu as estribeiras e começou a me xingar. Dizia que o fedor ali dentro estava demais. Não dei bola, porque ele era mesmo de falar a torto e a direito. Mas não gostava de ser tratado assim. Ele estava com mais medo do que eu, só não queria admitir. Disse isso na cara dele, pensando que ia ficar abalado, mas caiu na risada. Com ele, nunca dava para saber.

"Eles tinham parado de nos procurar. Montados os dois no cavalo, andamos a noite inteira sem topar com maiores perigos. Talvez devêssemos ter nos separado para passar mais despercebidos. Mas não nos deu vontade de prolongar a ilusão de liberdade ficando um sem o outro naquele momento.

"De modo que avançávamos meio às cegas. Esconder-se, era só o que dava para fazer. Não estávamos acostumados a ser caçados como bandidos. A gente era... era o que, aliás? Seja como for, nos sentíamos mal lá em cima, sem os outros. As noites eram intermináveis, passávamos os dias olhando ao longe. Resistir para quê? Só daria mais um pretexto para eles atirarem em nós.

"Yo Svanvero podia até ser inglês, mas não era bobo. Conseguimos nos comunicar com um contato em Sezze: estávamos dispostos a nos entregar, com a condição de nos pouparem a vida. Alguém do PC deve ter intervindo, porque as negociações foram rápidas.

"Passamos todo o dia seguinte sem dizer palavra. Não havia nada a dizer. Os elementos pairavam à nossa volta: a montanha, a hortelã e o manjericão, as canções de Terenzio... estava tudo acabado. Assim como a esperança de virar algo mais do que um pobre-diabo.

"Fomos presos durante a procissão de São Lidano. Os contatos não vieram sozinhos ao encontro marcado, também apareceu um bocado de carabineiros. Mas a gente já esperava, por isso tínhamos escolhido São Lidano por testemunha.

"O mais engraçado nessa história toda foi encontrar com Alfonso na prisão. Estavam me conduzindo para a minha cela quando o avistei no corredor, de vassoura na mão. Não estava usando camisa preta. Contou que queriam julgá-lo por cumplicidade passiva, e que a cumplicidade passiva era eu. Alfonso dizia isso com tanta naturalidade... Até parecia que tínhamos nos separado na véspera. Mais um pobre-diabo."

Uma geração depois, não se dizia mais "pobre-diabo". Soava antiquado, meio católico-stalinista. Mesmo que, no meu tempo, ainda houvesse mais pobres coitados do que no tempo do meu pai. Com uma diferença: eu teria trocado, sem hesitar um instante, meu esconderijo no oitavo andar – com privada entupida – pela famosa cabana no meio da roça. À noite, quando se olha para o céu, o corpo às vezes tem a sensação de escapar.

Eu estava ali trancado, oprimido por toda a sujeira de uma cidade irremediavelmente hostil. Um rato do campo decerto sentiria o mesmo, mas nem por isso veria a si mesmo como um "pobre-diabo".

Sair de pistola em punho, dar um jeito de fugir, era nisso que eu pensava. Como num filme de faroeste repleto de cenas sangrentas, durante as quais, enojada, Silvana em geral saía do cinema. Não demorava para se mandar, girava os calcanhares como ninguém. Sua teoria: só um bárbaro para avançar queimando as pontes atrás de si. Já afirmava esse tipo de coisa desde antes de me conhecer. O problema de Silvana era ela sentir com tanta antecedência a chegada das encrencas que tinha tempo de sobra para criá-las de cabo a rabo.

Era difícil, às vezes, não lhe dar razão. Silvana fora criada no campo e trazia nos olhos as cores quentes do outono: castanhas, folhas vermelhas. Quando fazíamos amor, ela me lembrava o capim de maio, um capim tão alto que dá para afundar dentro dele sem ninguém para vir perturbar. Menino, não raro eu ajeitava um nicho no meio do verde e me deitava ali, rosto para o céu. Tenho a nítida lembrança de uma alegria bastante física.

Um dia antes de ela sumir, deixei escapar que se tivéssemos nos conhecido no interior talvez pudéssemos ter criado juntos aquele filho. Ela ficou um instante perplexa com essa ideia, depois pegou sua mochila guatemalteca. Chegando à porta, exclamou: "Por que não? Um filho, duas vacas e... uma dúzia de frangos?!".

Nesse momento, eu a odiei. Tão intensamente como na escuridão de um apartamento vazio odiava a covardia que não me deixava dormir para não pensar mais nela.

Capítulo 10

Fugi do hospital me misturando aos visitantes. Estava cabreiro porque já tinham perguntado duas vezes meu número de seguridade social. Não perceberam que meus documentos eram falsos, mas um ser humano não ter número de seguridade social era, para eles, simplesmente impensável. E ponto. Sentia que lá vinha encrenca e também estava farto de ficar ali deitado.

Lá fora, a cidade de imediato me pareceu diferente. O ar continuava cinzento como antes, mas era um cinza de múltiplas nuances. As pessoas na rua já não eram simples cidadãos, eram franceses. Ou seja, eram diferentes, falavam outra língua. À minha frente se estendiam as ruas percorridas pelos exilados fascistas dos anos 30... Cada pedra tinha uma história para contar, e a Revolução tinha passado por ali. Me deu vontade de rir: há dois dias, eu nem sequer sabia como tinha chegado a Paris!

Ressuscitado, fui para casa assobiando na garoa.

Nem por isso minha vida mudou. Como já disse, não se muda de status da noite para o dia. Era cada vez mais frequente eu pensar os anos 70 como uma luta inseparável de um processo histórico global. O que, em suma, significava duas coisas: primeiro, que eu não estava sozinho; segundo, que éramos muitos os derrotados.

Refletia então em como era mesquinho procurar diferenças entre uns perdedores e outros e, assim, as histórias que se contavam lá em casa pareciam se confundir com as minhas. É uma sensação estranha descobrir que estamos do mesmo lado daqueles que sempre exerceram a função de "pais". É um pouco como resolver derrubar tudo em nome do povo, e depois de, por sua vez, ser derrubado, se dar conta de que faz irremediavelmente parte desse povo.

Naquele período de clandestinidade, Paris foi, para mim, a pedra de suas fachadas, o zinco de seus telhados, a calefação de Beaubourg, os restaurantes chineses com cardápio a dezoito francos e, principalmente, a esperança de uma muito vaga promessa de asilo por parte do presidente Mitterrand. Foi, também, pessoas que tentavam dialogar com o invisível fingindo que olhavam ao seu redor. Essas pessoas não me incomodavam em nada. Pelo contrário. Depois de muito observá--las, achava até que eram capazes de algum impulso de generosidade.

Para os quitandeiros árabes de Goncourt, aonde eu ia de vez em quando respirar um pouco o Mediterrâneo, eu era o "Português". Resolveram me chamar assim, e eu deixei. Era mais uma oportunidade de embaralhar as pistas: me distanciar o máximo possível de uma Itália que queria me mandar para a prisão e jogar às urtigas as chaves da minha cela. Naquele período, nunca deixava de pensar na cadeia e acho que nunca cheguei a me livrar dessa obsessão. Porque a prisão é mais do que quatro paredes e umas grades. É uma ideia danada que nos persegue até em liberdade.

Meu pai pouco falava de quando esteve preso. Eu estava proibido de perguntar sobre o assunto, mas quando algum amigo ou parente insistia, ao fim de um jogo de baralho, sempre acabava soltando alguma coisa. Mas nunca era bem o que a gente esperava. Em suas palavras, havia sempre imagens de liberdade, nunca de encarceramento. Falava no cheiro da terra molhada antes da semeadura ou nos figos maduros rebentando ao sol de agosto, como quem descreve os efeitos de uma poção mágica. Os adultos queriam detalhes sobre o terrível castigo: que servisse, pelo menos, de exemplo para os jovens. Mas meu pai exaltava coisas que estavam bem ali, diante de nós, e que, francamente, ninguém achava tão formidáveis assim.

Minha mãe e eu assistíamos a essas conversas meio à parte, junto da salamandra. Ela fingia estar alheia, mas sei que estava ouvindo. Dava para ver pela sua respiração, que se acelerava com a intensidade da narrativa. Como se estivesse assistindo a uma cena horrível, e não ouvindo louvar um acre de terra que a família inteira cultivava até a última gota de suor. E era esse não dito que me dava um frio na espinha. Devia haver nisso tudo algo atroz que me escapava.

Eu não era o único a não entender. Aqueles que, frustrados, queriam saber se meu pai tinha sido torturado na prisão pelos fascistas tentavam dar ao seu discurso um direcionamento mais concreto. É então que dava uma olhada para nós: meu pai estava orgulhoso de si mesmo.

"Três anos de prisão, vocês acham que é o quê?", começava ele, amargurado. "É zero, comparado às 4.596 pessoas condenadas a um total de 27.736 anos de reclusão, mais três condenações à prisão perpétua e 42 penas de morte, 31 das quais executadas!"

Números oficiais que ele tinha decorado e desfiava sempre que a oportunidade surgia.

Os homens, em volta da mesa, assentiam meneando a cabeça, e seus suspiros se transformavam em gemidos.

"Se ao menos tivesse servido para alguma coisa", continuava ele com uma careta de dor. "Que nada, está tudo igual, com uma boa dose de humilhação a mais. Prefeitos, pedinchões, juízes, tinham todos reassumido seus cargos como se nada houvesse; se transferiram em massa do partido fascista para a democracia cristã. O atual diretor da Previdência tinha sido, na época, um fervoroso camisa-negra. E os comunistas... deixa pra lá. Certo estava o pobre do Gildo quando dizia que era bom desconfiar dos stalinistas. Seja como for, a gente estava na merda e ainda está. Assim é que a Itália foi libertada! E agora acabou. No fundo, a gente não tem culpa de ainda estar vivo."

Fantasmas. No exílio, descobri o sentido lógico dessa palavra, o único sentido, na verdade. Pude experimentar, de trás para frente e de frente para trás, todas as sensações de um fantasma e seria até capaz de lhe propor uma psicanálise.

Ser fantasma tem uma única vantagem: não ver as próprias rugas. O tempo também passa para ele, é natural, mas já não conta. O passado é substituído por um presente infinito, imutável. Os fantasmas, como os exilados, são uma espécie destinada a povoar a dimensão equivalente às zonas mortas do universo: um território em que é quase impossível deixar o menor sinal de vida.

Uma existência assim obviamente acarreta desequilíbrios, os quais não interferem, porém, nas relações sociais; esse é um problema puramente mental e, acima de tudo, pessoal. Quando um exilado começa a falar, muita gente ouve, seduzida pela extraordinária desordem do seu discurso. Ele fala em fatos que remontam a anos-luz ou em coisas que estão prestes a acontecer, reduzindo o papel do tempo a uma mera questão de pontuação. Sua "condição de ausente" é que o leva a se comportar assim: o tempo já não existe, foi tragado pela revolta. O exilado pendura os anos numa vírgula e absorve as distâncias com um suspiro interminável. No torpor de seu corpo, o exilado conta e ouve contar sua história num vaivém incessante.

O último vestígio concreto da vida do exilado é uma casa no meio do campo, com hortelã e manjericão, dois idosos e doze galinhas. Agora só sobravam onze, tinha morrido uma. Não, engano do exilado, quem tinha morrido não era a galinha, era a mãe. Tinha partido sem aviso prévio, discretamente, como sempre. A mãe do exilado morrera quando ele estava longe, bem mais longe do que a França, bem mais a oeste, para lá do oceano. E ainda não terminara. Enquanto ia perdendo a noção de tempo, ia entendendo cada vez menos os argumentos dos homens mais sensíveis ao poder do que aos princípios da democracia e que, em seu nome, enxotavam o exilado cada vez mais para longe. E ele tornava a partir com sua carga de lembranças fresquinhas, datadas do dia anterior. Do dia sem alvorecer nem crepúsculo em que as galinhas descendem dos pintos e as mães não têm tempo de morrer. O exilado tinha lhe escrito uma vez, cedendo a um estranho impulso. Mas ela não tinha como responder. O exilado não pusera no envelope o nome do remetente e, de qualquer modo, em Sierra Madre, onde ele tinha pousado por um tempo, o serviço postal era, a bem dizer, inexistente. Uma carta bonita que o exilado confiara a um marinheiro que estava soltando as amarras para navegar de Vera Cruz até a Europa. Mas não era um sujeito confiável e provavelmente perdera a carta em Roterdã depois de pousar sobre ela o seu caneco de cerveja.

Algum tempo depois, anos talvez, o exilado ressurgiu em San Antonio, no Texas. Vinha atravessando um gramado tão verde e plano que parecia artificial, quando viu um sujeito gordo correndo em sua direção. O exilado achou que poderia lhe dar um tiro, mas não o fez, já que não estava armado. Ele agora vendia jornais na rua. O gordo revelou ser jornalista, quase um colega, e um ex-companheiro de escola, que não ia comentar aquele encontro com ninguém. Mas o que ele andara fazendo esses... anos todos?! O fugitivo, perdão, exilado, acaso sabia que nesse meio-tempo sua mãe tinha morrido, que se constituíra um comitê para o seu pai obter a pensão de guerra, que os fascistas tinham voltado ao governo e que a máfia não passava, na verdade, de uma monumental impostura histórica?

Não, o exilado não sabia, e tudo aquilo parecia muito estranho. Coincidências demais naquela história, melhor manter suas distâncias. Declarou ao seu ex-gordo-colega-de-escola que estava indo para a Antártica, onde tinham lhe oferecido um cargo importante: caçador de tempestades, ou algo do gênero.

Por um dia ou por um século, para o fantasma e para o exilado, o mundo gira a bel-prazer. Quanto ao resto, boa noite e até logo.

Estava de volta a Paris. Tinham lhe dito que dançar à noite sob a Torre Eiffel o lançaria no espaço. Mas não era por isso que tinha voltado, embora fosse imensa sua vontade de voar. Voltara porque era aquele o único lugar em que lhe reconheciam um direito à existência: a França de Mitterrand, para ajudar a Itália a virar a página dos anos de chumbo, aceitava a presença de centenas de refugiados políticos transalpinos no seu solo. Era o fim da clandestinidade, sem dúvida, e a possibilidade de uma vida normal. Com a condição de ter um número de seguridade social.

De modo que tornamos a encontrar o exilado na fila dos guichês da prefeitura e da Seguridade Social. À funcionária antilhana:

– Bom dia, moça. Então, eu queria me inscrever na...
A funcionária, seca:
– O senhor é patrão, empreendedor?
– Não, não, de modo algum. Justamente, preciso de um número de seguridade social para...
– Escute, o senhor aqui não é o único, então tente ser mais conciso. Para os empregadores, há um formulário a ser preenchido. Aqui está. É só ler as instruções no verso.
– Desculpe, mas me deixe explicar. Não sou um empregador, sou um empregado, e queria me inscrever...
– Não é possível! Meu senhor, esse procedimento não lhe diz respeito. Diz respeito à sua empresa.
– Que empresa?
A funcionária, medindo as palavras:
– Meu senhor, por favor, o que quer exatamente?
– Já disse, quero um número de seguridade social! É a primeira coisa que me pedem sempre que me apresento numa empresa. E agora, justamente, há uma vaga...
– Mas que coisa. Meu senhor, escute o que eu estou dizendo! Não estou aqui para brincar, além de que há uma fila esperando atrás do senhor.
– Pois eu também não tenho tempo a perder, eu também queria ir trabalhar, sabe?
– O senhor trabalha sem ter número de seguridade social?
– Não, justamente, enquanto eu não tiver esse número estou ferrado, continuo desempregado.
– O senhor recebe seguro-desemprego?
– Não.

– Então recebe o RMI[1]!
– Também não.
– E faz o que quando precisa ir ao médico?
– Não faço nada, não vou.
A funcionária, pigarreando e suspirando de impaciência:
– Nacionalidade?
– Italiana.
– Ora, por que não disse logo? O senhor é europeu. Seu número de seguridade social agora vale também na França. Sua identidade italiana, por favor.
– Não tenho.
– O senhor perdeu?
– Não, nunca tive.
– Não é possível! Na sua idade... quer dizer, o senhor nunca trabalhou?
– Pois justamente, tenho direito de começar, não tenho?
– Desejo-lhe boa sorte. Até logo, meu senhor.
– Espere, moça, por favor, tem de haver uma solução para esse nó. Não posso continuar assim.
Com voz azeda:
– O seu título de residência, por favor.
– Não tenho, e a senhorita mesmo disse, agora somos europeus. A menos que as normas da União só se apliquem no âmbito dos acordos de Schengen.
– Schen... o quê?
– Pois é, todo mundo enche a boca com essa história de Europa, mas na prática isso só serve para extraditar as pessoas!
– Mas o que está dizendo? O senhor é um desses sobreviventes da máfia?
– Ora, moça, você nem tinha nascido e eu já estava lutando contra esses... sobreviventes, como diz!
– Sim, claro. É pena ter lutado sem ter carteira assinada; sem seguro social e sem pagar impostos. A vida na Itália até que não é tão dura!

De fato, eu já vivera melhores momentos e disse isso em voz alta. A antilhana ameaçou chamar a polícia. As pessoas me fitavam com

---

1. *Revenu Minimum d'Insertion* (Renda Mínima de Inserção): auxílio concedido pelo governo francês a pessoas desprovidas de rendimentos, no âmbito de um programa visando facilitar a inserção profissional dos beneficiários. (N. T.)

desdém. Não era a primeira vez que eu entrava numa confusão desse tipo, e o problema da seguridade social já estava me enchendo a cabeça. Será que era legal prender alguém por não ter número de seguridade social? Que dilema não seria, para o pobre policial, ter que algemar um fantasma. Para que tribunal devia encaminhá-lo? Foi o que aconteceu, por exemplo, no dia em que, como sempre, pulei a catraca do metrô, e mais que depressa apareceram os fiscais. Raça nojenta essa, a dos fiscais, treinados para se comportar como hienas. Resumindo, os fiscais solicitaram a intervenção da polícia. Ainda tenho nos olhos sua expressão atônita quando o policial, munido de walkie-talkie, mandou que me deixassem passar, e sem bilhete ainda por cima. Simples questão de competência jurídica. A partir desse dia, fiz questão de me deixar flagrar pelos fiscais: adorava a situação de impotência em que os colocava. Eu estava autorizado a viajar de graça, desde que continuasse sendo um fantasma. Tinha de haver um limite para essa situação, ou eu ia acabar assaltando um banco.

Voltei para casa, mesmo sem vontade. De uns tempos para cá, meu quarto nas águas-furtadas se transformara em porto de abrigo. Todos que não conseguiam dormir vinham encalhar ali.

Em meio à bagunça ambiente, piscava o sinal da secretária eletrônica. Peguei uma cerveja na geladeira e apertei o botão.

Era uma voz desconhecida que, deformada pela fita magnética, lembrava um balido monocórdio. Não recordo o nome, mas era um advogado dizendo mais ou menos isso: "Seu pai foi preso. Tentativa de homicídio. Favor entrar em contato com nosso escritório".

Me deu vontade de rir, mas não via onde estava a piada. Tentativa de homicídio. Fiz as contas... na cadeia aos 77 anos!

Terminei de tomar a cerveja e liguei.

Em alguns aspectos, a conversa com o advogado chegou a ser cômica. Ele tinha a voz igual à da secretária eletrônica e me censurou com veemência por ter um pai que saía atirando por aí. Em suma, o advogado queria dinheiro, e logo – do contrário abandonaria imediatamente a defesa. Como não aceitasse nenhuma promessa de boca, fui obrigado a explicar que, nesse caso, estava arriscado a uma pena bem maior do que a do meu pai.

Acontecera na Previdência Social, depois de mais um pedido indeferido. Ele já tinha avisado, depois da morte de minha mãe, que o sangue ia acabar rolando. Mas não era a primeira vez que ele se enfurecia, e, também, quantos velhinhos impotentes já não sonharam em estourar os miolos de um burocrata? De modo que a ninguém ocorrera levar suas ameaças a sério.

Segundo a versão dos policiais, meu pai disparara dois tiros de espingarda no teto, numa hora em que o local estava cheio de gente. O problema é que a espingarda estava carregada de chumbo grosso e que, além do susto, as pessoas ainda tinham levado detritos na cabeça. Mas não houve feridos.

Fui buscar outra cerveja. A caixa estava vazia e, bem ou mal, a vontade passou. Sabia, de qualquer forma, que a cerveja não ia me fazer tirar meu pai da cabeça. Custava a imaginá-lo outra vez na prisão, na sua idade... Agir dessa maneira... até o fim. Estremeci com a ideia de que, naqueles anos todos de ameaças, a raiva e as palavras de meu pai não foram nem um pouco à toa. Será que ele nunca brincava? Nem quando dizia que eu era um cretino?

Exagero meu. O fato de ele ter se metido em encrenca não significava que fosse infalível, pelo contrário. E, para um pai, um filho é sempre um idiota.

Apesar do meu esforço para convencer a mim mesmo de que essa história beirava o ridículo, os dois tiros de espingardas na Previdência Social ainda ressoavam na minha cabeça. Havia nesse gesto algo de terrivelmente verdadeiro, bestial. Mesmo que dar dois tiros no teto, quando os burocratas não querem nos ouvir, a mim parecesse a coisa mais natural do mundo. Isso eu sabia de cadeira. Mesmo que nossos casos não fossem exatamente iguais. Meu problema era de número, de informática; e o dele era estar havia cem anos esperando por sua pensão! Então eu, no lugar dele...

Não conseguia me pôr no lugar dele. Éramos diferentes demais; uma geração nos separava. Ele era velho, sua mulher tinha morrido, o que mais tinha a perder? Tinha sido usado até o osso e, uma vez sozinho, essa situação insuportável o levara a uma tentativa de homicídio. Seria o cúmulo acabarmos os dois na mesma cela, inventando histórias um para o outro. Mas ele não falava mais.

Segundo minha irmã, ultimamente ele andava abusando um pouco do vinho. Minha irmã era mestre em achar uma explicação mais ou menos tóxica para os problemas do mundo. Com a idade, passara do feminismo para o catolicismo militante e, por fim, abraçara a lei seca. Por isso ela e meu pai se viam muito pouco.

Comigo era diferente. Não podia ir visitá-lo, mas me mantinha informado. Meu pai não queria telefone em casa. Não conseguia, segundo ele, falar com uma pessoa sem vê-la. Também deixara de me escrever. Restavam as lembranças esporádicas transmitidas em tom constrangido por algum primo distante em visita à Torre Eiffel. E depois, mais nada.

Nem eu o tinha procurado. Não tinha mais muito a ver com aquelas histórias todas de um século atrás: guerras, pintinhos, legiões de espíritos malignos, mosquitos e espinheiros... Tudo isso estava longe. Eu agora falava outra língua e me buscava dia e noite numa dimensão de cristal. Pertencia a uma cidade que escondia os próprios horrores por trás de suas fachadas, e a transparência de seus trajetos assustava menos do que as misteriosas armadilhas do campo.

Eu conseguira, apesar dos pesares, me converter num metropolitano anônimo. Me dissolvi numa montoeira de relações mecânicas, pornográficas. Reconhecia a mim mesmo nas pessoas que cruzava pelas ruas: olhares perdidos, passos rápidos, problemas difíceis para resolver. Com uma única diferença: sem número de seguridade social, era jogado para escanteio já de saída.

Meu pai escolhera a prisão. Tentava imaginá-lo, na ponta dos pés em cima de um banco de plástico, nariz erguido para uma nesga de céu entre as grades da janela, inspirando os aromas. Como o cheiro da moita de hortelã-pimenta, que às vezes tinha de ser podada para não tomar conta da entrada. A carência: era essa a coisa horrível, onipresente nas lembranças. Todos os atos heroicos que eu ouvira contar não passavam de um desafio lançado a essa carência. Existem os cavaleiros que se contentam em salvar donzelas e existem os miseráveis que se lançam à conquista do céu. Isso também me parecia natural.

Capítulo 11

"Prefiro morrer aqui a ter que passar por louco", e não havia jeito de fazê-lo rever sua opinião. O advogado, furioso, já desistia de defendê-lo, e minha irmã, chorando, rezava para a Virgem Maria.

Tal era a situação, três meses depois da detenção de meu pai. Eu também recebera uma carta, em que ele não dizia uma só palavra sobre si mesmo. Em meia folha de papel arrancada de um caderno, dizia que vira na televisão uma espécie de boletim informativo sobre a guerra, que falava em mortos, prisões, algo como sessenta mil pessoas, dez mil condenados, a maioria à prisão perpétua. Até ali, julgara tratar-se da costumeira caricatura da guerra, da guerra dele, claro, a Resistência. Mas reagiu ao ver que os números não tinham nada a ver com os que ele desfiava sempre que tinha oportunidade. E de fato, quase no final, "depois de uma sequência de imagens insanas", ficou claro que se tratava de um debate – se é que se pode chamar assim – sobre o terrorismo dos anos 70. Nada a ver com a Resistência dele: "Eram só cabeludos e calças-vassoura".

Ele gostava de chamar as coisas do seu jeito, sempre buscando as palavras num dicionário bem pessoal. As calças pata de elefante viravam então "calças-vassoura", porque só serviam para juntar poeira.

Eu podia ter apostado: concluía dizendo que só um maluco como ele para ter se metido numa encrenca dessas. A coerência era o seu ponto forte. No fim da página, a saudação era hesitante, um pouco como um abraço rabiscado. As manifestações de afeto tinham se feito raras entre nós depois que comecei a usar calças-vassoura.

Eu talvez devesse ter jogado imediatamente a carta fora, em vez de lê-la e relê-la, buscando o que não estava escrito. Mas as coisas seguem seu curso e ninguém sabe dizer se o desfecho teria sido melhor se a situação fosse outra. Era palpável a malícia de meu pai no tom do bilhete. Tinha a impressão de vê-lo enquanto escrevia, o rosto matreiro, a expressão astuta que ele não conseguia disfarçar totalmente quando, ao cair da tarde, vinha-lhe a nostalgia dos grandes momentos – os que tinham acontecido vinte anos antes, é claro.

É triste dizer, mas é incrível a quantidade de gente que espera vinte anos ou mais para contar as historias mais interessantes de sua vida.

A ideia de que meu pai estava outra vez aprontando das suas me causou uma estranha sensação. Havia algo por trás disso, eu sentia; a ironia que ele soubera reviver naquelas poucas linhas não prenunciava nada de bom. Não adiantava ficar de meias palavras: aqueles dois tiros não visavam ao teto da Previdência, era diretamente em Deus que ele tinha atirado. E isso meu pai me dava a entender à sua maneira. Era isso que o deixava fulo. Eu sentia nisso a amargura do fugitivo com quem ficou na linha de frente. As razões de um são provavelmente tão válidas quanto as do outro, mas um dos dois está arriscando mais, e é o que faz a diferença.

Ele seria capaz de matar o papa só para eu me sentir um imprestável. Disparar dois tiros de espingarda na sede da Previdência! Se eu tivesse feito isso, me chamaria definitivamente de louco. Não havia o que discutir: ele era um resistente; os resistentes tinham vencido, seus direitos eram mais do que legítimos. A guerra deles constava em todos os livros escolares, ao passo que a nossa...

A nossa até se dava ao luxo de aparecer na televisão. De qualquer forma, o poder agora já não corria nenhum perigo; os anos 70 tinham sido reescritos em seus mínimos detalhes. Não bastava o nosso massacre, tinham também que sumir com todos os seus vestígios, para os fatos se transformarem em lendas e para as vítimas virarem, ao mesmo tempo, alguém e ninguém. Coisa de profissional. Tanto assim que comecei a ter minhas dúvidas: será que tínhamos mesmo existido? Mas, se não tínhamos sido mais do que uma ligeira brisa de maio, por que tantos mortos, tantos procurados, os fascistas de volta ao governo, a impossibilidade de aceder à seguridade social...?

Eu ouvira da boca de meu pai – acho que eram palavras do comandante Gildo – que ele jamais perdoaria Stálin e companhia por terem maculado o comunismo, terem reescrito mil vezes sua história, sendo cada página sistematicamente pior do que a anterior, e isso até que a liberdade fosse eliminada até a última gota. "A gente olha para trás e já não há mais nada para se ver."

Se cada geração tem seu deserto para atravessar, a nossa teve o deserto dos anos 70: vamos lá, pessoal, não houve nada, por favor, a prisão é por aqui. Vinte anos depois – tempo necessário para tornar nossas histórias interessantes –, da revolta só sobrou areia. Nossos rastros foram apagados pelo vento norte; os sonhos, abolidos; a história, totalmente recontada em papel reciclado para os autos judiciais. E nós: silêncio, exilados! Um mínimo de gratidão, que diabos! Os criminosos que tenham, pelo menos, a decência de se calar. E a nós, que trazemos no sangue o medo do ridículo, a nós, pós-modernos à exaustão, convinha tão bem ficar de boca calada que teríamos sumido de corpo e alma se as autoridades, com ameaças de extradição, não nos devolvessem periodicamente a palavra.

A fuga via emigração sempre foi o resultado da derrota das classes inferiores e, nos anos 30 e 40, a França assistira à chegada de milhares de italianos fugidos do fascismo. Mas eram pessoas que se juntavam, punham a boca no trombone, construíam uma Resistência. Uns pentelhos, no fundo. Já nós éramos mais civilizados e imediatamente nos adaptamos ao silêncio dos legumes.

E se viver, aliás, não é mais do que aceitar o risco de passar de uma decepção para outra, até a última, até a bufonaria final, de que adiantava batalhar, como faziam os desempregados da periferia parisiense? Um par de Nike, francamente, não constituía o suprassumo das minhas aspirações; embora eu respirasse o mesmo ar que muitos jovens dispostos a derramar sangue para conseguir um.

Essas linhas talvez passem a ideia de que minha vida se resumia aos problemas de um refugiado sem direito a asilo, aos tormentos de um perdedor de guerra nenhuma. Mas não. À parte isso, eu tinha uma existência mais ou menos normal, dividindo alegrias e tristezas com outras pessoas que viviam mal, sendo que a culpa era sempre dos políticos. A rotina era minha terra prometida.

Rotina, uma coisa que Teodoro nem sabia o que era.

Eu, vez ou outra, desconfiei que meu pai inventasse suas histórias, como outros choram ou dão risada. Aconteciam com ele coisas tão obscuras que era difícil levá-lo a sério.

"... Em decorrência de informações fornecidas por alguns fascistas locais, a infantaria – com apoio da aviação – empreendeu uma varredura sistemática na montanha. Por sorte, também tínhamos nossos informantes e pudemos nos antecipar ao movimento das tropas. Mas a pé, carregando armas e bagagens, não foi fácil tirar distância dos alemães que vinham subindo.

"Recuamos mato adentro até os Abruzzos. O outono chegava ao fim e tínhamos de encontrar um vale abrigado das intempéries. Por fim, após alguns dias de marcha, chegamos a uma encosta voltada para o sul revestida de uma densa mata onde poderíamos nos esconder. Acampamos junto a uma casa abandonada, na qual estabelecemos nosso quartel-general – de que eu, aliás, fazia parte.

"Estávamos todos cansados e desmoralizados. Muitos dos nossos ainda nunca tinham se defrontado com o inimigo, e a ideia de passar por essa experiência num local desconhecido aumentava o nervosismo dos homens. Estávamos batendo queixo, e a falta de comida tornava o frio ainda mais mordaz. Uma fogueira trairia nossa presença a léguas de distância.

"No piso de pedra escura da casa, as mochilas continuavam fechadas. Ninguém se animava a abri-las, pois significaria que tínhamos chegado. Chegado onde? Não havia vidraças nas janelas, só umas venezianas que caíram aos pedaços quando as abrimos. Lá fora, se ouviam os companheiros brigando por um melhor lugar para acomodar suas enxergas. Não sabíamos precisamente qual era a nossa posição; qualquer eco podia nos denunciar. Preocupado, Gildo correu lá fora para acalmar os ânimos.

"O tempo estava para neve. Dava para sentir pelo silêncio imóvel que nos envolvia e não ousávamos romper. Parados na sala escura e fria, trocávamos olhares cheios de interrogações. Profanadores de túmulos. Mas quem era o morto? A pergunta veio da boca de Terenzio. Era decerto o único que, em sua candura, não sentia a apreensão coletiva. Era a primeira vez que saíamos de nossas montanhas; uma fuga para o desconhecido. Longe de casa, essa guerra de repente nos parecia insana, estrangeira. Mas era decerto aquele lugar esquisito que nos deixava naquele estado. Havia algo maléfico no ar. Bobagem, pensei, buscando nos olhos de Yo Svanvero algo que me tranquilizasse. De nós todos, ele era o mais tarimbado para a ação. Não por acaso era chamado de 'inglês'.

"Mas ele não me dava atenção, ocupado que estava em olhar com insistência para outro lado. Segui a direção do seu olhar e fui tragado pelo incompreensível vazio em que Yo parecia ter se jogado. Ele sempre fora, para nós, uma referência. Mesmo nas horas mais difíceis, sempre inventava qualquer coisa para nos confortar. Verdade é que blefava muitas vezes, mas o importante era o resultado e, até onde Deus existe, era capaz de vencer uma partida sem ter um único trunfo na mão.

"Desta vez, porém, fiquei tão impressionado ao vê-lo prostrado daquele jeito que não reparei que a porta se abrira e que a luz dourada do crepúsculo penetrava na sala. Foi quando Yo deu um pontapé na sua mochila e foi sentar-se no canto mais escuro da casa.

"Do lugar em que eu estava, e com a claridade às suas costas, não pude distinguir seu rosto. Mas era, com toda certeza, uma mulher. A julgar pela expressão de Terenzio, que fitava a porta como se o diabo em pessoa acabasse de surgir, o problema devia ser sério.

"No seu estado, não foi surpresa vê-la desabar no chão. Ela dera um passo no interior da casa, feições literalmente devastadas. Enquanto caía para frente, como em câmara lenta, seu xale escorregou. Foi quando reconheci a cabeleira ruiva de Angelina, a jovem esposa do pastor de cabras. Terenzio e eu quase esbarramos um no outro ao tentar impedir que ela desse com o nariz no chão. Então carregamos a mulher e a deitamos da melhor forma possível sobre um monte de mochilas. Era um milagre Angelina ter chegado até ali.

"Ela logo voltou a si. Seus olhos, inchados, que mal se viam, procuravam Yo Svanvero. Angelina era uma mulher robusta. Como não visse Yo, tentou se comunicar. Mas falava aos trancos; as palavras saíam enroladas de sua boca, não dava para entender. Eu me perguntei quem poderia ter maltratado assim uma mulher, uma mulher como ela. Tínhamos todos na memória o ar radiante de Angelina e sua alegria de viver.

"Inclinei-me para lhe afagar a cabeça. Havia sangue grudado em seu cabelo. Perguntei como ela estava. Era a primeira voz que escutava desde que saíra, ensanguentada, do curral. Achava que seu calvário se dera no dia anterior, mas eram pelo menos três dias de marcha para chegar até ali. Minha pergunta, no entanto, serviu para acalmá-la um pouco. Ela então se encolheu toda e se pôs a chorar por dentro, como fazem as mulheres acostumadas aos maus-tratos.

"Não creio que Yo Svanvero tivesse intenção de ser brusco. Mas quando me empurrou para cuidar ele próprio de Angelina ele o fez com tanta força que fui parar em cima de Gildo, o qual acabava de entrar e observava a cena com olhos arregalados.

"Yo segurou Angelina pelas axilas e conseguiu levantá-la delicadamente. Ele a teria beijado se não estivéssemos ali. Deu para ver pelo olhar sombrio que lançou em redor. Yo, com dois dedos, ergueu o queixo de Angelina e pediu com firmeza que ela contasse o que tinha acontecido. A mulher engoliu as lágrimas. Nenhuma palavra sobre as pancadas sofridas saiu de seus lábios, estourados como linguiças grelhadas. Contou apenas que o marido tinha descoberto tudo e, para se vingar, pusera os alemães no nosso encalço.

"A bofetada de Gildo estalou como um tiro. E, como um raio, Yo Svanvero levou a mão ao cinto. Apertou a coronha de sua Luger enquanto esperava a raiva sumir do seu olhar. Yo Svanvero era um homem cheio de princípios: pena que esses princípios fossem muitos e totalmente inconciliáveis.

"Ninguém fez um gesto sequer para intervir. Não era a primeira vez que assistíamos a uma cena dessas. Sabíamos que quanto mais tentássemos apaziguar as coisas, mais se acirrava a discórdia, e não era uma boa hora para provocar uma tragédia. Cada um de nós se sentia responsável pelo fardo de sofrimento imposto aos demais. Nossa existência era um eterno peito a peito, dor contra dor.

"Angelina apertou o lenço e quebrou o silêncio:

– Temos que sair daqui agora mesmo, os boches não estão longe!

"Gildo baixou os olhos, e Yo Svanvero baixou a mão.

"A impressão que dava era a de um bando de moleques que, a pretexto de guerra, brincavam de descobrir o amor. O quadro estaria perfeito, não fosse uma palidíssima lua surgir entre as altas ramas dos pinheiros. O caminho pela frente era longo, e a destinação, desconhecida."

A terra prometida do fugitivo é essa rotina, comumente execrada. Não havia nem lua, nem apaixonados em meu refúgio parisiense quando Fausto bateu à porta; apenas silêncio. Quebrado pela água pingando da torneira e a tosse seca de um vizinho asmático.

Depois do sumiço de Silvana e do fim dos sonhos revolucionários, teria sido supérfluo – e até obsceno – nos visitarmos no exílio fingindo nunca termos sido rivais no amor. Ele não se chamava mais Fausto. Já sem nenhuma batalha a travar, reassumira seu verdadeiro nome, de que não me recordo, e decerto nem ele. Na época em que perdemos definitivamente todo rastro de Silvana, desconfiei que Fausto a retomara para si. Pensei que ela estava se escondendo de mim. Não que acreditasse mesmo nisso. As elucubrações obsessivas tinham se tornado tão familiares que eu não as levava mais a sério. A primeira coisa em que pensei, ao ver Fausto à minha porta, foi em Silvana. Tive de me segurar para não perguntar por ela antes mesmo de cumprimentá-lo.

Fausto era a própria imagem do homem tranquilo. Passava dificuldades, como muitos, mas nunca se queixava. Dizia estar velho demais agora para esperar chegar vivo à terra prometida. Então ia sobrevivendo, imprimindo sonhos e enchendo de ternura os vazios gerados pelo progresso. Fausto nunca pusera os pés na minha casa e, de uns tempos para cá, ninguém mais o tinha visto. Ele também dizia que estava cansado, cansado de falar. Eu não esperava vê-lo na minha frente.

Fausto me observava por sob as sobrancelhas grossas e brancas. Não se atrevia a entrar. Julguei que não quisesse ver as dores dissimuladas na casa de um ex-companheiro de luta. Um sujeito mais jovem do que ele, de quem talvez devesse desconfiar.

Mas desconfiar do quê? Não havia mais segredo a proteger, e me pareceu estranho Fausto não saber disso. Estava vestido como quem vem deixar o gato com o vizinho antes de viajar. É difícil, às vezes, articular qualquer palavra. Olhar aturdido, eu contemplava os anos que tinham se gravado no rosto de feições secas, no qual sol e mar tinham deixados suas marcas. Mesmo fisicamente, Fausto não era tão velho como gostava de dizer. Súbito, resolveu entrar.

– Schengen – resmungou, entrando na cozinha.

Fiquei ali com a cafeteira italiana semiaberta nas mãos. Fausto sentou e pôs-se a contemplar o teto como se este fosse cair na sua cabeça a qualquer momento.

Schengen era um nome que circulava cada vez mais no nosso meio. Bem poucos, no entanto, sabiam seu real significado. Leis, tratados. Fosse o que fosse, não podia ser nada de bom. Eu sabia que se tratava de uma cidade, mas me perguntava em que país será que ela ficava. Fausto balançou a cabeça, tentou esboçar um sorriso. Sorria para si mesmo, é claro, mas eu ainda não estava entendendo nada.

– Uma coisa é certa – declarou, observando, uma por uma, as rachaduras que riscavam as paredes –, não sinto falta nenhuma dos apartamentos feiosos de último andar, com cestas de meias sem par, como no tempo da minha avó.

Corei até as orelhas. A cesta estava ali porque, justamente naquela tarde, enquanto delirava sobre o fantasmagórico clube dos caçadores de meias sem par, tinha passado meu estoque em revista.

– Você está de partida?

Ouvi que ele respirou fundo antes de dar uma risadinha nervosa.

Começara tudo de novo. Lá, em Schengen, sede da nova inquisição, um juiz sem escrúpulos encasquetara de nos despachar para uma mui democrática prisão italiana.

Eu não podia acreditar.

– Mas Mitterrand...

– Mitterrand morreu. São as novas disposições do espaço jurídico da União. O governo não sabe o que fazer. Seu conselho é nos escondermos. Por enquanto.
Não fosse Fausto dizendo isso, jamais teria acreditado. O ministério da Justiça queria nos prender, enquanto o ministério do Interior sugeria que fugíssemos. Um absurdo. Mesmo porque, no passado, já acontecera o inverso.
A situação era grotesca. Mais uma vez a fuga, os acampamentos improvisados em apartamentos de fortuna. Apartamentos vazios, de cortinas fechadas, e Fausto ao meu lado. Um quarto de século depois, minha vontade era de rir.
Fausto se levantou, perguntou se eu tinha para onde ir. Respondi que amanhã pensaria no assunto. Já era tarde e eu estava preparando minha documentação para a Seguridade Social, para a obtenção de um número. Desta vez ia dar certo, estava pressentindo.
– E vai lhe servir para quê?
Como responder, assim de pronto, a uma pergunta dessas?
Enfiei duas, três coisas às pressas na mochila e escapuli rumo ao centro de Paris, em meio a pessoas apressadas que iam todas para algum lugar. Amanhã seria igual a ontem. Visto por esse ângulo, parecia estar tudo normal. Mera ilusão, na verdade. Algo importante estava para acontecer, e éramos pelo menos dois a saber disso. Fausto tinha na testa uma ruga funda, que se formava toda vez que cruzava o olhar com o meu. Momentos antes, eu sentira um vazio doído no peito ao ouvi-lo dizer:
– Essa história está ridícula demais para acabar bem.
Disse isso num tom neutro. Como se fosse uma asserção determinante. Perguntei-me o que poderia me acontecer de pior e descobri uma quantidade incrível de coisas que ainda me importavam.
Pensei imediatamente no meu pai. Desde que soubera que ele estava preso, vinha ouvindo com frequência o som de sua voz. Também ele devia ter chegado àquela mesma conclusão, numa noite de lua pálida, enquanto corria na mata montanhosa dos Abruzzos.
"... Os alemães estavam na nossa cola. Muito mais numerosos do que nós. Gildo nos dividira em vários grupos. Queria que recuássemos de forma ordenada. Durante algum tempo, nos mantivemos mais ou menos agrupados. E então estourou uma fuzilada não longe dali, na encosta de outra montanha – não éramos os únicos a estar em maus lençóis. Foi um salve-se quem puder. Ao parar no fundo do vale para

recobrar o fôlego, percebi que estava só. Noite escura, e eu não tinha ideia de onde estava. Meu coração se apertou. Refugiar-me numa toca não ia adiantar, eles tinham cachorros. Fugir? Para que, quando não se tem mais refúgio? O melhor era parar e esperar por eles, acabar com aquilo de uma vez por todas. Deixei-me cair junto ao tronco de uma árvore. Nada me moveria dali. Estava exausto.

"Cerrei os olhos, e imediatamente tornei a abri-los. Tinha ouvido um ruído, um sopro, num galho bem acima de mim. Tentei perscrutar a escuridão. Minha suspeita se confirmou, não se tratava de um ser humano: dois pontos amarelos, moventes e luminosos, irrompiam entre a folhagem escura. Meu coração gelou; agora, só os alemães podiam me salvar do diabo da floresta dos Abruzzos.

"Foi quando me dei conta do absurdo de meu raciocínio. Um minuto atrás, achava que o que de pior podia me acontecer era um pelotão de execução, e agora tremia diante de uma coruja, cujos olhos despertavam em mim muitos outros demônios.

"Pus-me de pé, e o bicho alçou voo, apavorado.

"Curvado sobre mim mesmo, recomecei a correr. Era só o que importava. Afora conseguir voltar para junto dos meus, qualquer direção servia. Tanto fazia. Se existiam medos mais angustiantes do que a guerra, era porque a vida era maior do que aquilo tudo, e seria uma estupidez me deixar apanhar pelo primeiro que aparecesse..."

Quando, na época, ouvia meu pai contar esse episódio, o que ele dizia me soava como um valor universal. Anos mais tarde, andando ligeiro atrás de Fausto na rue de Rivoli, já não tinha tanta certeza de que a aparição de uma ave noturna daria sentido à nossa fuga.

Chegamos frente a um prédio que fedia a opulência a quilômetros de distância. Fausto tinha a senha do portão.

– Nem sei para onde estamos indo – reconheceu, impotente. – Só me disseram que talvez não estivéssemos sozinhos.

Estranho. Mais do que a ordem de extradição, era o medo da promiscuidade que parecia preocupá-lo. Queria ter perguntado se estava só exagerando ou se realmente não suportava mais ninguém. Nunca vou saber. Ante o olhar atento do zelador, subimos ao terceiro andar.

Augusto abriu a porta. Era um dos nossos: só sabíamos seu primeiro nome, e diziam que não passava necessidade. Recebeu-nos com entusiasmo. Parecíamos até velhos amigos chegando meio atrasados para uma festa de aniversário. Terminada a sessão dos cumprimentos, conduziu-nos até a sala, luxuosamente mobiliada com vista para o Jardim das Tulherias.

Sentado numa poltrona, um homem de uns sessenta anos segurava, numa mão, um cinzeiro cheio de tocos e, na outra, um cigarro aceso. Cumprimentou-nos de início com um leve sinal de cabeça; no instante seguinte, vi que arregalava os olhos, corria para Fausto e lhe dava um abraço. O cinzeiro caiu no carpete. Augusto, meio perplexo, arregaçou as mangas do paletó de linho cinza perolado.

Chamava-se Davide e era um antigo companheiro de Fausto. Embora não se vissem desde muitos anos, guardavam muita estima um pelo outro. Dava para ver pelo jeito como trocavam banalidades, dizendo o essencial em silêncio.

Sem saber o que fazer, pus-me a examinar os móveis. Um por um, como faria um antiquário. Augusto falava. Segundo ele, havia muita coisa importante que não tínhamos entendido antes, quando queríamos fazer a revolução, embora estivessem escritas em montes de livros. Bibliotecas inteiras, ok? E a gente só falando besteira!

Augusto era desses que liam todos os livros absolutamente necessários. Era normal que tivesse ideias. Mas isso Davide não admitia. Ele, que era marceneiro sem alvará num povoado do interior e não lia mais nem jornal, dava-se o direito de intervir na conversa, opondo argumentos grosseiros que Augusto não queria gastar saliva para refutar. Sem mencionar seu uso abusivo de cigarro. Davide acendia um atrás do outro e a cinza não necessariamente ia parar no cinzeiro.

– Se tem uma coisa que me deixa danado – disse Augusto bruscamente – é a falta de respeito. A gente aqui é hóspede de um companheiro, caraca!

Fausto olhava fixamente pela janela. Cintilavam atrás das vidraças as luzes de Paris. Ninguém prestava atenção em mim, fechei os olhos.

As vozes de Davide e Augusto pareciam vir de longe. Um pouco como as que vinham dos antigos rádios de galena no tempo em que eu lá vivia, nos Pântanos Pontine. Estava na varanda numa tarde de verão e captei uma curiosa radionovela que, em francês – a língua naturalmente adotada pelos dois interlocutores –, soava mais ou menos assim.

Davide, em voz arrastada:

– É uma loucura completa, prenderam até a Adriana! Faz vinte anos que a corte de acusação deu um parecer contrário à sua extradição. Além disso, ela é professora num liceu. Já quase se aposentando...

Augusto, heroico:

— Você já disse isso... Mas ouviu o advogado: segundo os arquivos europeus, ainda somos procurados na Itália. E se o governo francês não intervier, os juízes, aplicando os acordos de Schengen, podem ordenar novos processos de extradição para os refugiados italianos. Estamos numa merda preta.

Davide:

— Canalhas! Como se a gente já não tivesse problemas suficientes. Me dá até náuseas. Que horas são?

Augusto, altivo:

— Três horas. Já é a quinta vez que pergunta. Pode me dizer por que tanto quer saber que horas são?

Davide, indignado:

— Como assim, por que eu quero saber? Não aguento mais ficar trancado aqui dentro. Você não está sentindo um cheiro de... não parece crisântemo?

— Não estou sentindo nada. E em vez de ficar aí se queixando você devia era agradecer ao companheiro que nos emprestou esse apartamento.

— Companheiro! Em que mundo você vive? Companheiro... Até parece que isso ainda existe! Esse sujeito, esse pintor...

— Escritor. Eu já disse que Franck é es-cri-tor.

— Tudo bem, entendi. Ele está achando que a foto dele vai sair no jornal com a legenda: "Grande protetor dos pobres exilados italianos"? Assim ele cava um espacinho com a esquerda caviar, como eles dizem aqui...

Augusto, chocado:

— O que você quer, afinal? Pode me dizer? Estamos precisando ficar na moita, aí achamos quem nos estenda a mão e você cospe em cima.

Davide, pérfido:

— E por que precisamos nos esconder, dá para me explicar? Eles nos aceitaram aqui durante vinte anos, sob um governo de esquerda, me corrija se eu estiver errado, e cá estamos nós outra vez brincando de clandestinos... Isso me lembra a história do meu avô, que foi "comissário do povo" durante a Resistência, até que chegou o Togliatti e ele foi parar na cadeia.

— Esse seu avô não queria explodir a igreja e o quartel dos carabineiros?

– E certo estava ele! Esse pessoal que fica mudando de bandeira ao sabor dos rumos do vento... Onde é que o nosso bondoso anfitrião se escondia, nos anos 70, enquanto a gente arriscava a pele?
– Aonde você quer chegar? Está querendo dizer que o Franck é mais ou menos o neto do padre que seu avô queria enforcar?
– O que o meu avô tem a ver com isso?
– E o que o Franck tem a ver?
– Estou me lixando para esse seu Franck! Eu, por mim, parei de brincar de guerra. Não posso ficar aqui trancado. Além disso, sábado eu tenho o batizado.
Hesitante:
– Hã... Te contei que eu agora sou avô?
– E é católico também?
– Pode debochar... Os pais do meu genro é que insistiram. Sabe como é. De qualquer forma, o que é que custa, se é para eles ficarem contentes?
– Sei... Você pegou prisão perpétua na Itália porque nunca quis ceder para nada nem ninguém, e não é que agora o dadaísta armado toma o caminho da igreja?
– Quem é você para me dar lição de moral? Só para te lembrar: eu não dirijo uma empresa em que os funcionários trabalham feito escravos quinze horas por dia!
– Não diga besteira! Não são funcionários, para começar. São sócios. E como você pode me chamar de patrão, se me negaram pela enésima vez o visto de residência? Só pode estar brincando... Sabe o que estava escrito na carta de recusa? "Sujeito indigno". "Sujeito indigno"... Como se eu fosse algum colaboracionista pedófilo...
Davide, escarnecendo:
– Se bem que, olhando bem para você... Com essa barriga e o cabelo grisalho, parece mesmo meio suspeito.
Enquanto Augusto engolia em seco, Davide se acercou de um móvel de época:
– Você viu só esse bar? Morrer de sede é que a gente não vai. Você acha que seu amigo Franck tem um treco se a gente abrir o Pomerol?
Augusto, não muito convencido:
– Boa ideia, assim você se acalma um pouco.
A rolha emitiu seu "pop" divino, as taças tilintaram.
Davide, estalando a língua:

– Humm, nada mau, nada mau mesmo... Já pensou: há vinte anos que moramos na mesma cidade, e foi preciso o zelo de um juiz eurófilo para a gente voltar a se encontrar...
Augusto, meio nervoso:
– Por mim nem precisava... Caramba, é safra de 89, vamos ter que repor... Enfim, quer dizer, nem precisava a gente se reencontrar nessas circunstâncias. Mas, me conte, o que andou fazendo nesses anos todos?
– O que andei fazendo... Boa pergunta. Fazendo um bico aqui, outro ali, como todos nós. A sobrevivência, o impedimento... Como explicar para um funcionário da Seguridade Social ou da ANPE[1] que você é um europeu sem documentos, um refugiado político sem estatuto? Um resíduo dos anos 70? Os franceses, na melhor das hipóteses, só lembram os atentados fascistas, que nos são muitas vezes atribuídos, ou a morte de Paulo VI e Aldo Moro... Foram tantos enfrentamentos kafkianos, cacete, com burocracias de toda cor e tamanho. Aí, depois de anos e anos penando, minha mulher não aguentou. A separação. Os filhos que você não vê crescer. A vida entre parênteses. – Ele suspira. – E agora, repeteco, volta à estaca zero.
Escarnecendo:
– A propósito, não tive tempo de fazer a mala, só espero que Franck tenha umas cuecas limpas para me emprestar...
Augusto, incomodado:
– Mas temos que reconhecer que somos uns sem-documentos privilegiados. Vejam os outros, os africanos, que são mandados de volta à força, muitas vezes para serem executados.
– Só me diga se, tirando a esperança de fugir, existe alguma diferença significativa entre a pena de morte e a prisão perpétua. Não era você quem dizia que a Itália era o país mais ao norte da África?
– Sim, é verdade... Lembra da operação "tropas cameleiras"?
Davide, achando graça:
– Ora se não, foi um dos nossos mais belos delírios. Essa eu contei para todo mundo: trinta mil companheiros montados em camelos iam sair do Marrocos, atravessar a Espanha e o sul da França, chamando a si todos os deserdados, o ponto final sendo o cerco de Turim! Uma mistura explosiva de Aníbal com Napoleão, que ia varrer do mapa o mafioso imperialismo mediterrâneo!

---

1. *Agence Nationale pour l'Emploi* (Agência Nacional para o Emprego): órgão do governo francês que, entre 1967 e 2008, centralizava informações de procura e oferta de emprego, intermediando o contato entre as empresas e potenciais trabalhadores. (N. T.)

Toca o telefone:
— Pode deixar — disse Augusto.
Ele atendeu e Davide tornou a encher as taças.
— Ah, sim... Ok... Tudo bem.
Augusto desligou, incerto:
— Era o advogado. O ministro finalmente aceitou recebê-lo dentro de uma hora. Ele está otimista, parece que alguns membros do governo francês fizeram pressão para que a Itália finalmente decrete uma anistia para os refugiados italianos. Não que eles estejam fazendo isso por nós: exigências da construção europeia...
Davide respondeu desdenhoso:
— Não estou nem aí para as razões deles, desde que façam o que tem que ser feito. Com alguma sorte ainda consigo ir ao batizado do meu neto.
Augusto, irritado:
— Isso é que eu chamo de oportunismo. Você é capaz de aceitar a vergonha de uma anistia só para ir a um batizado. É como se estivesse dizendo: "Sim, senhores corruptos, os senhores de fato tinham razão, estávamos enganados vinte anos atrás, e agora nos perdoem!". Onde foi parar seu espírito libertário?
Davide, chocado:
— Mas o que você está dizendo? Vou te contar, esses três dias na moita mexeram com seus nervos! Faz vinte anos que estamos esperando uma anistia, vinte anos em que nunca te ouvi clamar por uma revolução permanente, e agora que surge uma oportunidade, você me vem com essas besteiras? Ó, melhor tomar mais um, vai te fazer bem.
— Você não entende mesmo. Tente imaginar: amanhã você é anistiado. Tudo bem. Aí você volta para a Itália e faz o quê?
— Com documentos em dia: um trabalho decente!
Augusto, sarcástico:
— Fala sério! Vai é ser um zé-ninguém, só que com sessenta anos e sem profissão, porque sempre foi desempregado. E não vai mais ter fascínio pelos condenados da terra. E aí, meu chapa, você vai ter que assumir!
— Esse papel eu deixo, com o maior prazer, para os intelectuais em busca de emoções fortes...
Augusto, cheio de brios:
— Anistia... Pense um pouco, porra: eles é que tinham de nos pedir desculpas, não nós.

Davide, aborrecido:
— Quer dizer que os políticos italianos tinham que propor ao governo uma anistia para si mesmos?
— E daí? Isso é comum nos países democráticos. Na França, por exemplo, já se fez isso várias vezes!
— Acho que você está exagerando. Eles primeiro teriam que ser acusados de terrorismo, para depois se autoanistiarem. E, mesmo que chamem isso de democracia, não acho que a Itália esteja preparada para... Ora, você está me confundindo, esse raciocínio é um absurdo!
Augusto, indignado:
— Absurdo, é? Esqueceu as bombas deles nas manifestações, as centenas de mortos, os bilhões que eles enfiaram no bolso feito amendoim, os ministros mafiosos, os golpistas, o exército nas ruas e...
— Você está arrombando porta aberta. Para o mundo inteiro, isso tudo é balela. Os criminosos somos nós. Não eles.
— Aí é que está! Aceitando a anistia deles, entregamos para a história, para todo o sempre, a nossa "culpa infame". Você não pensa no seu neto que acaba de nascer?
Davide, vexado:
— Calma, velho. Não vamos misturar alhos com bugalhos, está bem? Lembrando que, por enquanto, estamos trancafiados aqui dentro feito ratos e, com o tempo, nosso anfitrião-escritor vai acabar se mostrando menos internacionalista do que ele acha que é. E também, porra: não vamos passar o resto da vida fugindo em nome da pureza histórica!
Augusto, paciente:
— Já vi que com você tenho que ser pragmático... Vamos supor que amanhã, anistiado e com documentos, você não tenha mais desculpa para se furtar ao sistema produtivo. Pois bem, com muita sorte talvez consiga um emprego de salário mínimo como entregador de papel higiênico numa empresa do Berlusconi. A pergunta, então, é a seguinte: quantos anos você vai ter que dar duro para pagar tudo o que deve à sua família, aos advogados e aos seus amigos da Itália que vêm te apoiando até hoje?
Davide, alterado:
— Você... Você acha que dá para abrir outra garrafa?
Mais uma rolha se soltou e as taças tornaram a se encher.
Davide:

— Esse é mais frutado. Força é reconhecer que, apesar dos pesares, o vinho francês é alguma coisa.

Augusto, sentencioso:

— Os franceses, nessa área, são imbatíveis. E os queijos...! Já experimentou o Vacherin? Tem um na geladeira.

— Já ouvi falar, mas acho que já abusamos. Melhor não aproveitar demais da boa vontade dos companheiros...

Augusto, mais tranquilo:

— Depois que o perigo passar, o que pretende fazer?

— Você acha mesmo que as coisas vão se ajeitar?

— Mas é claro. A França não vai voltar atrás na palavra dada. Além disso, tenho certeza de que a Itália, atualmente, passaria muito bem sem nós.

— Então por que eles mantêm tantos velhos militantes presos?

— É diferente! Esses são os metidos a puros e duros que recusam qualquer compromisso. Não é razoável.

— E você, com seus argumentos sobre a anistia, você...

Augusto, seco:

— Você parece que não quer entender. É muito fácil, dentro de uma cela, continuar bancando o irredutível: não tem aluguel, nem impostos, nenhuma responsabilidade, e toda primeira quarta-feira do mês grita-se contra o Estado imperialista, as multinacionais. Mas lá fora a vida não está nada fácil, você sabe disso. E, aliás, não respondeu minha pergunta: o que pretende fazer, depois?

Davide, depois de longa pausa:

— Como sempre, não faço ideia. Vou continuar brigando com a prefeitura e com a CAF[2] pelo resto da vida. Ligando para os velhos amigos que hoje estão bem posicionados. Mesmo que estejam em reunião. Como você, aliás. Também tentei ligar para a sua casa, sabia? Odeio reuniões...

— Mas se não gosta de reuniões, nem pense em ganhar a vida. O espontaneísmo da Autonomia Operária acabou, velho. Hoje em dia, sem uma organização estrita, você é engolido e mal pago. Mas, bem, nos reencontramos afinal e, pode pensar o que quiser, estamos na mesma sintonia. Ainda vamos fazer grandes coisas juntos, você vai ver.

Davide, largando o copo:

---

2. *Caisse d'Allocations Familiales* (Caixa de Auxílio Familiar), órgão vinculado à Seguridade e Previdência Social francesa que concede auxílio financeiro em casos previstos por lei. (N. T.)

– Tenho a impressão de já ter ouvido isso. É, você tem razão, temos que mirar alto. Manter o espírito beligerante, como se dizia na época.
O telefone tocou novamente e Augusto correu a atender.
- E aí?... Tem certeza?... Não estou entendendo... Me explique... Mas... Mas... Não é possível... Eles não podem... Não é seu problema... Para que é que eu te pago, então? Me diz? Eu te pago para quê?
Augusto, pondo o fone no gancho:
– Escrotos... Escrotos de merda! Isso é loucura pura...
– Que loucura? Vamos, desembuche... O que foi que o advogado disse?
– Não deu para entender? Acabou a França, o exílio. O ministro não quer mais saber de refugiado europeu na Europa... Porra, Davide, vamos ter que ir embora, fugir, recomeçar do nada!
Silêncio abissal. Davide:
– Quer saber? No fundo, você estava certo: não vale a pena virar um zé-ninguém. Veja o resultado: eu virei vovô, e você, um executivo que está sempre em reunião... Pensando bem, quem sabe voltando para a clandestinidade a gente dá uma remoçada?
Augusto, fora de si:
– Você pirou de vez! Eu tenho responsabilidades, contratos, funcionários para sustentar!
– Ah, é? Você não disse que eram sócios?
Augusto, embalado:
– E você acha que, na minha idade, na minha situação, eu tenho a menor vontade de voltar para a rua?
Davide, esvaziando a taça numa talagada:
– Bem, hã... acho que já nos dissemos tudo.
Levantou-se, e Augusto acrescentou, sem jeito:
– O que deu em você? Para onde você vai?
Davide, se afastando:
– Para a África. Meu genro é sobrinho de um chefe tribal, não te contei? Tenho contatos por lá.
Augusto, suplicando:
– Espere aí, e a solidariedade? Em caso de necessidade, onde é que eu posso te encontrar?
Davide, sem se virar:
– Em Burkina Faso. Mas é bom saber tocar tam-tam, vai que eu esteja em reunião...

Capítulo 12

Davide andou um trecho com a gente, e então nos despedimos. Um abraço demorado antes de ele afundar na boca do metrô, direção Gare de Lyon. Será que ia mesmo para Burkina Faso?
Fausto e eu, levemente encurvados por causa do frio, nos dirigimos a passos rápidos para a Pont des Arts. O Sena corria, liso como aço. O céu anunciava, a duras penas, o início de um novo dia. Súbito, a ideia de estar na margem oposta me fez reduzir o passo. Quem sabe se ficasse ali, bem no meio da ponte, o tempo também suspendesse seu curso, noite e dia deixavam de se suceder, e as ordens de prisão travavam entre dois faxes; quem sabe. Será que eu ganharia o dom da imobilidade eterna se matasse Fausto ali mesmo e colorisse com seu sangue o aço do deus-rio? Quem sabe. Se me solidificasse, me diluísse, se desmaiasse me envenenasse, me afogasse, quem sabe não precisaria mais fugir. Se me entregasse à fluidez metálica do Sena, quem sabe não chegaria ao Mar da Tranquilidade.
Fausto estava grudado em mim e me fitava de um jeito estranho, parecia que ia me esbofetear. É o que provavelmente teria feito, se eu não me afastasse do parapeito. Mas havia algo mais em seu olhar opaco. Algo como um alerta vindo de longe.
— Você tem para onde ir? — perguntou, fitando o rio.
Os letreiros dos cafés cintilavam na margem direita. Recomeçamos a andar nessa direção. O encontro no apartamento do escritor me deixara um gosto ruim na boca, como quando se vai a uma exposição e se encontra com pessoas que não se tem vontade de rever depois.
No bar minúsculo em que nos acomodamos, sentia-se um cheiro bom de café misturado com os perfumes baratos das pessoas que estavam indo para o trabalho. Homens e mulheres se sucediam no balcão, o vapor das xícaras se somando ao hálito ainda impregnado do calor da cama. Observávamos o vaivém e, suavemente, mergulhamos no sonho de uma época que acreditávamos encerrada. Estava me sentindo bem,

ali, sentado a uma mesa na companhia de Fausto. Ele quase não falava e também não tinha vontade que o outro o fizesse.

Emergiu do seu devaneio soltando um suspiro. Tomou o último gole do café frio e imediatamente pediu mais um. Uma ruga funda riscava sua testa e um fio escuro colava seus lábios descarnados. Apesar do seu silêncio obstinado, a noite tinha sido longa para ele também.

– Vou voltar para a Itália.

Não lembro a cara que fiz, mas ele decerto achou que tinha falado muito baixo. Pigarreou antes de continuar: – Pego o trem hoje à noite. Com um pouco de sorte, consigo andar um pouco pelo meu bairro antes de me prenderem. Faz trinta anos que não piso aquele chão. Só uns poucos passos. Soube por um turista que Memmo, o quitandeiro de quem eu roubava bala, ainda estava por lá. Havia um cheiro especial naquela quitanda, recordo muito bem. A gente, quando era moleque, dizia que era cheiro de velho. Hoje eu sei que tudo que cheira a vida é velho. Seria legal se eu conseguisse afanar um rolo inteiro de pirulitos antes de ir para a cadeia.

Respondi que não estava entendendo. Devia ser uma epidemia; de uns tempos para cá, todo o mundo queria ir para a cadeia. Até meu pai, do alto de seus 77 anos, tinha conseguido se deixar prender. E tinha, inclusive, o maior orgulho disso. Quando foi que a prisão virou antídoto para as almas sofridas?

Para minha imensa surpresa, dada a sua reserva habitual, Fausto quis saber detalhes da prisão de meu pai. Contei dos tiros de espingarda no teto da Previdência e do tom cada vez mais combativo das cartas que ele me mandava. Se meter a fazer besteiras assim naquela idade, será que ele se dava conta de que podia não sobreviver à sua pena?

Então fiquei quieto. Não sei se pelo olhar impiedoso de Fausto ou pela súbita sensação de estar falando bobagem, o fato é que de repente fiquei sem energia para continuar. Sentindo um cansaço insuportável, ansiava desesperadamente pela profunda escuridão de uma cama, ao abrigo de discursos vãos.

– Ele pode ter feito isso por você – declarou Fausto, depois de ponderar. – Um gesto extremo para lembrá-lo dos riscos que tem corrido. Como uma chicotada para te pôr no rumo certo, entende? Mesmo porque é difícil se manter na corrida quando a linha de chegada já se diluiu no tempo. Por isso é que eu vou voltar para a Itália. Minha situação é diferente da sua. Tenho só mais onze anos para cumprir, e com as reduções de pena vão ser no máximo seis. Não é muito. Mas não foi contando estar livre com mais de sessenta que tomei essa decisão.

Sentia-se algo terrível na sua voz. Fiquei suspenso em seus lábios, mas ele mudou de assunto. Pôs-se a falar de livros, da geladeira com freezer que acabava de comprar e de outras coisas úteis que eu podia pegar para mim, se quisesse. Seus objetos pessoais ele já pusera numa mala que tinha deixado no guarda-volumes antes de passar lá em casa.

Planejar tudo, nunca deixar nada ao acaso, com exceção do amor. Eram suas próprias palavras, no tempo em que me ensinava a montar e desmontar uma arma de olhos fechados. Porque, dizia ele, ela podia travar no escuro, e uma coisa tão intensa como a vida podia ficar pendurada no funcionamento de um mecanismozinho obtuso. Dê-me uma alavanca, e eu moverei o mundo. Assim é que, na época, queríamos invadir o supermercado das liberdades. Mas que força era essa que, hoje, despachava Fausto para a prisão?

Ele massageou a testa repetidas vezes, e então, já sem conseguir se conter:

— Vou voltar porque preciso dizer ao Memmo que os chocolates dele têm gosto de sabão, que ele não devia misturar as mercadorias do jeito que ele faz. Tem um tempo que estou querendo dizer isso a ele, e acho que chegou a hora. Depois... depois não tem mais importância. Quer dizer, para mim. O que quer que aconteça, nenhum juiz, nenhum carcereiro vai deter o câncer que está me comendo o cérebro.

Incrédulo, eu ia dizer alguma coisa, mas ele me deteve com um gesto brusco da mão.

— Escute, não se fala mais nisso. A doença é passado, e não quero desperdiçar o tempo que me resta em conversa fiada. Você pode fazer isso por mim?

É claro que sim, e sem uma palavra. De qualquer modo, estava sem fala. E sabia perfeitamente que Fausto tinha horror a lágrimas. Dizia que não serviam para nada, que era uma dor, e pronto. Mas sempre desconfiei que era sensível demais para lidar com lágrimas. Principalmente as alheias.

Queria me mostrar coerente comigo mesmo. Quantas vezes não tínhamos falado da morte sem pestanejar? Muito poucas, na verdade, porque a respeitávamos. E também respeitávamos a vida; falávamos da morte o mínimo possível, estávamos afundados nela até o pescoço. Não se fala fiado sobre coisas nobres, isso para nós era uma evidência. Mas ali, naquele café, eu permanecia grudado na cadeira, olhos baixos, como num velório – quando a gente se sente intimamente culpado por se demorar nessa terra para viver uma droga de vida. Mas Fausto ainda estava vivo e, antes de partir, tinha duas palavras a dizer sobre esse mundo.

Pediu, primeiro, mais um café, desta feita com um pingo de leite. Em silêncio, esperou que o servissem. Enquanto mexia a colher, sem ter posto, aliás, açúcar nenhum na xícara, senti seu olhar penetrante me sondando a alma. Ele por fim largou a xícara, com uma careta:

– No fundo, Silvana tinha razão de não confiar em você. Você é um sentimental a fundo perdido. Sinto dizer isso, mas uma mulher, principalmente se também for mãe, precisa se sentir protegida.

Fiquei petrificado. Não ela, não agora. Silvana pertencia a um passado doloroso que mais ninguém ousava mencionar em minha presença. Quem, melhor do que Fausto, para entender isso? Justo ele, no entanto, vinha me jogar Silvana na cara como uma brutal bofetada. Eu passara dias e noites, anos inteiros, reconstruindo as feições de seu rosto. E quando ela enfim parecia se materializar ao meu lado, não é que sumia outra vez, sua trança negra ao vento? E seu riso ecoava na escuridão molhada de suor, qual metralha numa trincheira próxima. Silvana era o único fantasma capaz de entrar e sair do meu armário blindado, e, afora eu, ninguém mais tinha o direito de olhar para ela.

Contive minha fúria, Fausto estava com um tumor no cérebro. Vai ver era por isso, aliás, que estava falando sem pensar. Súbito, suas intenções me pareceram muito claras: ele queria ir embora sozinho e morrer tranquilamente longe da choradeira dos amigos. Por isso estava me provocando. Estava fazendo de propósito e tinha acertado na mosca. Enchi os pulmões a fundo e esbocei, por fim, um sorriso compreensivo.

Ele consultou o relógio e balançou a cabeça.

– Tenho que ir andando – disse, agastado. – Agora escute bem, porque não quero ficar aqui o resto da vida. Você não teve mais notícias de Silvana?

Não respondi. Não precisava.

– A vida é mesmo um absurdo – ele acrescentou. – Vivemos durante anos na mesma cidade e nos comportamos como se fôssemos estrangeiros um para o outro. E isso... Isso que, caramba, já partilhamos tanta coisa! Até o amor de uma mulher! Seria cômico, se não fosse trágico: você e eu aqui, feito dois velhinhos românticos, rememorando os amores perdidos. Que absurdo! Tenho mais o que fazer. Agora, para você é diferente; eu tenho que ir, mas você fica, e, pé-frio do jeito que é, é bem capaz de morrer de velhice. Mas, bem, deixa para lá. Só me diz uma coisa: você já esteve em Bordeaux?

Fiz que "não", acrescentando que, justamente, devido a uma antiga antipatia, era a última cidade da França que eu iria visitar.

Minha resposta o irritou. Pareceu a ponto de levantar e ir embora. Fiquei surpreso, voltaria atrás numa boa se isso o fizesse mudar de ideia. Era inacreditável Fausto se importar tanto assim com a reputação de Bordeaux... Uma descarga de emoções contraditórias me impediu de reagir.

Fausto já não prestava atenção em mim. Vasculhava freneticamente os bolsos do casaco e da calça, até encontrar, por fim, um pedaço de papel amassado. Colocou-o na minha frente e se levantou, tapando o papel com a mão. Seu olhar, literalmente, me pregava na cadeira. Quando se virou, fez o V da vitória e se eclipsou.

Reapareceu atrás da vidraça. Esperei que se virasse e olhasse para mim. Mas não, fundiu-se ao movimento à beira-rio como quem não tem mais nada a fazer neste mundo.

Capítulo 13

"Passa rápido", dizem os franceses[1]. Passa rápido até para dizer: sílabas disparadas por uma zarabatana mágica, capaz de nos catapultar de uma ponta à outra da história. Não há o que fazer, só o tempo de olhar à velocidade-relâmpago da respiração.

Mal fazia um mês que Fausto tinha ido embora para a Itália e, como "passa rápido", minha impressão era de que fazia um ano que ele se ausentara; já o dava por morto. Me perguntava se imprimiam, na prisão, cartões de falecimento. O de Silvana era um pedaço de papelão branco, com uma sóbria faixa preta num canto que lembrava um macabro selo oficial. Nele se lia, em caracteres pretos: "Seus amigos e o conselho municipal de Saint-Macaire cumprem o doloroso dever de comunicar o falecimento de Silvana Nirfo".

Bastara ela inverter duas letras do sobrenome para desaparecer por vinte e cinco anos. E agora estava morta. Mantivera o primeiro nome, talvez para não se deixar esquecer por completo. Esse Nirfo, se o visse escrito em outro lugar, e mesmo antes de lê-lo no cartão, nem por um instante teria me enganado. Eu teria automaticamente lido Silvana Forni. Mas não havia motivo para o seu nome circular pelos muros de Paris. E Fausto, o único a saber, tinha guardado o segredo.

Procurei na memória todas as vezes em que Fausto podia ter me falado nela e não o fizera. Será que ele também só descobrira recentemente? Soubera da notícia por um amigo comum que, passando na região, topara com esse cartão de falecimento e... Não, pela data que constava no cartão, Silvana morrera havia mais de dois anos; a hipótese não se sustentava. Fausto sempre soubera e guardara para si a informação. Como também não falara para ninguém da sua doença – que obviamente não se manifestara assim de repente – até a hora de embarcar no trem que o levaria para morrer na prisão. Esse silêncio desumano e obstinado é que me doía. Mais ainda – talvez – do que a morte de

---

1. No original: *ça va vite!* (N. T.)

Silvana, a qual só me causava uma imensa tristeza, como o fim de uma viagem que não se deveria ter feito. Quarenta e três anos era meio cedo para partir. Vai ver, a Nirfo do cartão de falecimento era outra Silvana, uma das muitas que eu andara seguindo pelas ruas. Uma das que nunca iria parir um filho.

Passei dias e noites deixando morrer as lembranças. Enfear até os mais belos momentos que tínhamos vivido juntos me ajudava a suportar a ideia de que ela não mais existia. Refazia o percurso, em busca de algum outro trajeto rumo ao Sul, de algum atalho livre de todo arrependimento. Buscava uma passarela por sobre o lamaçal da história.

Quando parei de tentar me justificar, acabei aceitando a ideia de que a Silvana do cartão de falecimento era aquela mesma que eu nunca deixara de buscar no sorriso das mulheres. Eu me esqueci de Fausto e, junto, do inconfessável rancor que me entorpecia o espírito. Só me restava partir.

Escrevi uma primeira carta ao meu pai. Contei da morte de Silvana, do câncer de Fausto, que talvez se encontrasse numa cela contígua à sua, de Yo Svanvero e seus delírios sobre Bordeaux. Já tinha até escrito o endereço no envelope quando ponderei que meu pai não tinha nada a ver com aquilo. Silvana, Fausto e os outros todos faziam parte do meu universo, não do dele. Cada época traz em si sua própria loucura, e nessa, pelo menos, eu me negava a envolver os outros. Tinha atravessado minha juventude feito um torpedo, e Teodoro tinha conseguido me acompanhar.

Joguei fora a carta e fechei minha mala.

Foi só na manhã seguinte, no trem para Saint-Macaire via Bordeaux, que eu soube que nunca mais colocaria os pés em Paris.

Ainda não deixara a Gare Montparnasse quando me dei conta de que, nos dias que antecederam minha partida, tinha cortado metodicamente todas as pontes. Com uma pitada suplementar de zelo nas questões burocráticas. Rompendo com a tradição familiar, não ousei dar um tiro no teto na frente da funcionária da Seguridade Social. Mas acredito que nem tão cedo ela vai esquecer meus conselhos. Tive de repetir três vezes até fazê-la entender que ela tinha um traseiro igual ao de todo mundo e podia ir assentá-lo alegremente bem longe da cadeira de rodinhas da sua miserável mesinha.

O trem se pôs em marcha. Três horas até Bordeaux, uma baldeação, mais uns quarenta minutos até Saint-Macaire. Eu tinha trazido um livro, puxado da pilha de todos os que eu nunca acabava de começar. Reli a quarta capa e o guardei no encosto do assento à minha frente. Cruzávamos a periferia em alta velocidade. Estava contente por deixar Paris; partia com a sensação de que, de agora em diante, nada poderia me desgostar. Partia sem deixar endereço. Mesmo porque não tinha como, eles todos já tinham sumido. Ou estavam só fingindo se esconder, na secreta esperança de serem apanhados, extraditados para a Itália e acabarem com aquilo de uma vez por todas. O cansaço é a arma do poder e golpeia em silêncio. O número de seguridade social, um emprego, uma vida normal... Eu nunca tinha encarado as coisas dessa forma, não teria aguentado. No entanto, era bem nítida a sensação de que eu também estava nessa. Fausto tinha voltado para a Itália. Continuar fugindo – será que isso para ele ainda teria sentido? Tinha: a satisfação de morrer livre e nas fuças de todos os tiras de Schengen. E Silvana, como será que ela morrera?

A paisagem desfilava com uma rapidez que me feria o olhar e me entupia os ouvidos. Estava indo a trezentos por hora rumo a um túmulo cavado dois anos antes. Silvana sempre me antecedera. Primeiro na fuga, depois no exílio e, por fim, na morte. Ela tinha essa mania de sempre tomar a dianteira. Dizia "eu te amo" e saía correndo como quem, para se proteger dos tiros, trata de fugir. De vez em quando olhava para trás, rindo feito menina, e seguia correndo até a boca de esgoto seguinte, na qual tornava a sumir. E eu atrás, tateando. Não fosse ela desdenhar, teríamos feito como nos filmes série B que eu adorava, atirado um no outro e, no dia seguinte, nossos amigos nos encontrariam abraçados.

Fechei os olhos, determinado a não abri-los tão cedo. Fiquei algum tempo escutando o farfalhar dos jornais – estavam todos lendo no vagão – até que veio o sono, e Yo Svanvero apareceu. Usava seu grande chapéu preto de sempre, meio inclinado para o lado para melhor realçar sua boca desdentada fazendo careta. Era o seu jeito de rir. Ele às vezes dizia qualquer coisa, frases curtas, eram mais gestos do que palavras. Eu me esforçava para entender, mas tinha a impressão que o que ele dizia não era nada bom. A cena deve ter sido breve, mas quando acordei tinham se passado três horas. Bem que eu já ouvira dizer que depressão pode causar sonolência.

O trem não parava em Saint-Macaire. Era preciso descer na estação de Langon, longe do centro, e esperar por um hipotético táxi. Ou então dava para ir a pé: meia hora de caminhada. Havia que cruzar a ponte sobre o Garonne e, cerca de dois quilômetros depois, chegava-se ao burgo.

Era quase meio-dia, talvez ainda desse tempo de eu ir direto à prefeitura. Contava encontrar alguém que me dissesse, pelo menos, onde ela estava sepultada. Se o cartão de falecimento de Silvana vinha assinado pelo conselho municipal, alguns de seus membros necessariamente sabiam alguma coisa. O ar estava frio, a luz avermelhada do sol não dava conta de aquecê-lo. Pus minha sacola a tiracolo e saí a passos rápidos.

A ponte me pareceu desproporcionalmente longa para a largura do rio. A uns cem metros dali, à direita, havia outra, de pedra. Não, na verdade não havia mais ponte, só os pilares. O resto fora provavelmente destruído durante a guerra: a linha de demarcação entre a França livre e a zona ocupada ficava bem perto dali. A menos que a ponte tivesse desabado de cansaço, como às vezes acontece. Mais embaixo, viam-se pequenas embarcações puxadas para a margem. Se a maré chegava até ali é porque o oceano não devia estar longe.

Silvana gostava de falar do oceano. Talvez por ele ser vasto e distante, como nossos sonhos de liberdade. Ela nunca o tinha visto, a não ser pelas histórias de sua família ou pelas cartas do seu avô esquisito. Dizia ela que o Mediterrâneo, comparado ao Oceano, não passava de um lago fedido em que sequer mudava o vento de uma margem para a outra. Sempre achei que ela exaltava demais essas extensões nórdicas e retrucava, com desdém, que o oceano dela tinha cheiro de sardinha e bacalhau, e nunca que eu me aventuraria por ele. A gente era capaz de brigar por qualquer picuinha. Mas era só ela se pôr a olhar ao longe; era só seus olhos se encherem de vida para eu imediatamente mudar de opinião sobre o mar infinito.

Na estrada de Saint-Macaire não se sentia o cheiro do mar, não se via nada que evocasse as histórias de Silvana. A rodovia nacional de Agen e Toulouse dividia claramente a paisagem: de um lado, os vinhedos ondulando suavemente; de outro, moitas de junco e plantações de milho se estendiam entre fileiras de choupos, para além dos quais se intuía a presença lodosa do rio. Nada disso era novidade para mim. Perplexo, parei para olhar o sol, cabeça inclinada como Yo Svanvero. Não recordava exatamente o que ele dizia nessas circunstâncias. Mas havia algo podre no ar, e não só por causa do outono – como eu fazia força para acreditar.

O lugarejo se anunciava com um largo asfaltado, transformado em estacionamento para os clientes de um café. O único café de Saint--Macaire, como eu viria a descobrir. À direita, um arco de pedra ocre além do qual se intuíam calçamentos milenares cercados por fachadas maciças. À esquerda, numa alameda margeada de plátanos gigantescos, tremulava patrioticamente a bandeira da prefeitura. Eu bem que teria tomado um trago para me dar coragem, mas a julgar pelo número de carros e pela vidraça embaçada do café, isso significaria anunciar publicamente minha chegada à cidade antes mesmo de pisar nela.

A prefeitura tinha o aspecto de uma pequena residência burguesa do século XIX. Uma ampla escadaria de pedras conduzia ao mezanino, basicamente ocupado pelo hall de entrada. As paredes, que conservavam heroicamente a memória de sua decoração original, tinham sido como que restauradas com reproduções de gravuras antigas. Ninguém à vista. Passava da uma hora. Larguei a bagagem junto a um quadro fissurado e fiquei aguardando um sinal de vida. Se tinham deixado o local aberto...

Escutei no andar de cima uma voz de homem, uma voz agitada marcada por pausas breves.

Imponente. Era o mínimo que se podia dizer. E não só por sua estatura, dois metros de altura para quatro arrobas de peso: o olhar penetrante, a densa barba grisalha e o jeito como mandava às favas seu interlocutor telefônico, tudo contribuía para fazer do prefeito de Saint--Macaire um homem impressionante. Depois de me examinar um momento desde o primeiro piso, o prefeito desceu agilmente os degraus e se postou na minha frente. Eu mal batia no seu peito.

Tivesse seguido o meu instinto, teria jogado a mochila no ombro e desandado a correr feito um pivete. Para ser sincero, o que me assustava não era aquele gigante, mas a ideia de estar decerto no mesmo solo que Silvana pisara naqueles anos todos. Agora que me encontrava bem perto dela, percebia, apavorado, que nunca tínhamos estado tão longe um do outro.

Contar os anos tinha se tornado minha principal ocupação. Espreitar o tempo, colocá-lo em números, me ajudava a me sentir vivo – como todo mundo. Envelhecer é a vida. E a vida é uma ilusão. Silvana e eu tínhamos nos amado, a vida tinha definitivamente nos separado, somente a morte podia nos unir novamente. Eu só não via como. Entre aquelas paredes brancas recentemente pintadas é que não haveria de ser. Uma prefeitura servia para constatar, certificar, decidir, não era o lugar sonhado para um reencontro.

Ergui os olhos e a vi. Estava parada no alto dos degraus e ria. Abafava, como sempre, o riso com a mão, porque estava convencida de que seus dentes eram grandes demais. O que era totalmente falso, mas não adiantava dizer e repetir, ela retrucava que de beleza eu não entendia. Então ficou séria de repente e começou a descer os degraus, um a um, com elegância teatral. Mãos cruzadas sobre o ventre redondo, seu semblante irradiava doçura maternal. Mas algo estava errado. Busquei o que era em seus olhos e me perdi no seu olhar.

O homem me observava com cara de dar tratos à bola para lembrar onde diacho já tinha cruzado comigo. Parecia pensar com tanto empenho que, não fosse sua silhueta ser tão inesquecível, eu teria acabado achando que também já o vira em algum lugar. Sem saber o que dizer, peguei o cartão de falecimento e lhe mostrei. O homem mal deu uma olhada e, com o sorriso de quem finalmente encontrou o que buscava, enfiou-o no bolso.

Queria meu cartão de volta. Estendi novamente a mão, mas ele apenas a apertou energicamente. Estava considerando seriamente a hipótese de lhe dar um chute no saco quando ele finalmente a soltou. Olhou para mim como se tivesse algo a me censurar e engatou:

– A Itália... estive lá semana passada, em Latina justamente, onde o vinho é intragável e as pessoas são, como dizer, ligeiramente fascistas. É natural, um charco drenado por Mussolini só podia produzir um vinho ácido. A propósito, que tal tomar um vinhozinho? Mas esse é do bom, viu?

Não esperou pela resposta. Desapareceu atrás da porta metálica e retornou em seguida trazendo uma garrafa quase cheia e duas taças. Encheu-as até a borda e, antes mesmo de eu encostar a minha nos lábios, já tinha esvaziado a sua e tornava a enchê-la. Então, garrafa numa mão e taça na outra, foi sentar-se nos degraus: "O prefeito aqui sou eu", disse, abarcando a sala com o olhar.

Deve ter notado a incredulidade em meu semblante, pois logo acrescentou:

– As coisas nunca acontecem como deveriam e nunca parecem ser o que são. Não, quer dizer, nunca são o que parecem – esclareceu, contendo um arroto. – Mas, enfim, que diferença faz? Nenhuma, já que você, em essência, está procurando o prefeito e que o prefeito sou eu.

"Em essência", uma locução que, na boca de meu pai, não raro vinha acompanhada de uma careta de dor. De dor entorpecida, sem dúvida, mas nunca realmente superada. Ele repetia essa expressão quando suas pernas bambas o impediam de alcançar o garrafão de vinho: "Em essência, somos constituídos de oitenta por cento de líquido. O resto é supérfluo", dizia ele.

Até o dia em que, mais biritado do que de costume, me confessou "em essência" que se considerava meu verdadeiro pai, mesmo que em minhas veias corresse o sangue de outro. Soube mais tarde que fazia anos que ele vinha ensaiando essa revelação. Na hora de partir para a ação, nunca lhe restava saliva suficiente para ousar dizer a verdade.

Seus olhos, até então afogados de vinho, tinham repentinamente secado, endurecido. Banalizar as coisas ao dizê-las, tal era a sua intenção.

"Um acidente, nada de mais. Todos nós somos vítimas de guerras que se estendem aos tempos de paz. E é capaz de ser até pior hoje em dia, você vai ver. Sua mãe... não culpo sua mãe, nem culpo esse homem; eles não tinham escolha. São coisas que acontecem até para os santos. Não pense mais nisso! Aliás, o que é que isso altera para você? Em substância, eu e sua mãe te criamos juntos, o seu pai sou eu."

Eu tinha então quinze anos, idade suficiente para entender que aquele não era um delírio de bêbado. Ele me observava fixamente, com um sorriso forçado, um sorriso de desculpas que denotava imensa tristeza.

Súbito, bem firme sobre as pernas e um segundo antes de eu sair correndo da cozinha, me segurou pela manga e me obrigou a sentar. Ainda não terminara, tinha que me falar da essência. Coisa que eu detestava. Era quase uma hora da tarde, lá fora brilhava um sol de outono. No vinhedo próximo, ouvimos Yo Svanvero gritando para a mulher que a sopa "não tinha nem gosto de marisco".

A garrafa estava vazia. O prefeito de Saint-Macaire olhou a hora e ergueu-se de um salto. Estava com fome e me convidou para ir comer. Recusei, determinado; não tinha ido até lá para almoçar com as autoridades locais, mas para ter notícias de uma certa Silvana, já falecida.

– Ah, sim, tem razão – disse ele, como se já tivesse esquecido o cartão de falecimento que enfiara no bolso.

Depois de coçar furiosamente o rosto comido pela barba de três dias, disse-me:

– Silvana Nirfo... É assim mesmo que se pronuncia?
– Mais ou menos.

– Não é fácil, esses sobrenomes italianos para mim parecem todos iguais. Em Latina, por exemplo, conheci uma família... os Forni, me parece. Boa gente, com certeza, pena que tenham estranhas convicções políticas. Mas estou divagando. Você é um amigo de Silvana?
– De certa forma, sim.
O olhar do prefeito estava tristonho.
Ciúmes de uma morta, talvez? Imaginei-os, ele e ela, sentados nos degraus da prefeitura bebendo vinho tinto. Silvana talvez tivesse morrido por culpa dele, de cirrose, por exemplo, e ele agora tinha que beber sozinho e falar de tudo e qualquer coisa com o primeiro que aparecesse. Não existe nada mais chato do que um prefeito deprê quando bebe.
Mas ele ainda não estava bêbado. O homem me examinava como se eu fosse um cavalo para apostar. Parecia a ponto de dizer alguma coisa, mas se continha a cada vez, mordendo o lábio inferior. Se desse, teria olhado os meus dentes para conferir minha idade. Perguntou por fim, com um brilho matreiro no olhar, como estava o tempo em Paris.
Nem me mostrei surpreso. Como ele sabia de onde eu vinha? A essa altura, qualquer comentário já me parecia supérfluo. Respondi que, ao contrário do sol incerto que se infiltrava pelas vidraças da prefeitura, o grisalho do céu parisiense era um valor seguro.
Ele puxou impetuosamente o cinto, conquistando assim mais um buraco na barriga de proporções respeitáveis que clamava por sua ração de bife e batata frita. Então deu uma olhada para a rua e disse, com uma voz diferente, meio nasalada, como que vinda de longe.
– Imagino que a tensão entre o ceticismo metropolitano e o consenso provinciano deva ser o último de seus passatempos. Nem pense nisso, as palavras não têm tanta importância, o que vale é o olhar. E, no seu, ainda existe essência. A luz, você sabe, sempre é melhor do que a escuridão. Quando não se tem nada a esconder, é claro.
Claro como um prefeito que enterrava Silvana Nirfo, ia para a Itália visitar a família Forni e, afora os cinquenta quilos a mais e trinta anos a menos, tomava vinho tinto falando em essência igualzinho ao meu pai.
– Estava esperando você – continuou, como quem quer liquidar um assunto o quanto antes. – Enfim, quer dizer, mais cedo ou mais tarde alguém tinha mesmo que aparecer pedindo notícias de Silvana. Uma mulher como ela deve ter necessariamente deixado marcas profundas. Quem sabe... se você tivesse vindo antes, talvez...

Vi aquele "talvez" saindo de sua boca e ganhar rapidamente em intensidade. Um segundo antes de ele explodir sobre nós, perguntei: "Como foi que ela morreu?".

– Ataque cardíaco.

A resposta veio seca, seca demais para ser engolida e lapidar o bastante para desestimular qualquer retruque. De todo modo, já não estava escutando; a visão da garrafa vazia o deixava nervoso. Vasculhou os bolsos e pegou um molho de chaves. Escolheu uma e estendeu a mim. Dava a impressão de estar, de repente, com uma pressa danada.

– São as chaves da casa de Silvana. Quero dizer, da sua penúltima casa. Sua atual residência é o cemitério de Bas-Pian, na saída da vila, é fácil de encontrar.

Continuava segurando a chave na minha frente, como para eu agarrá-la depressa antes que tornasse a guardá-la. Por que queria que eu fosse lá? O que ele sabia? O que eu ignorava? Arranquei-lhe a chave das mãos. O homem sorriu, talvez pensando nos cadáveres que eu iria encontrar no armário.

Acompanhou-me até a saída, fechando atrás de si a pesada porta da prefeitura. E saiu balançando o queixo duplo para a rua.

– A casa fica ali, no número 9. Não foi mexido em nada desde... desde aquele dia. Teria que arejar de vez em quando, mas não tenho tempo para isso e, para ser sincero, nem tenho vontade. Está pensando em ficar por aqui?

Respondi com um "não" bem seco. Não mais seco do que seu "ataque cardíaco", mas tive a impressão de que ele levou a mal. Reassumindo sua autoridade de prefeito, disse que tínhamos de nos ver antes de eu ir embora, que havia procedimentos legais a cumprir. E girou os calcanhares.

Observei-o partir a passos largos. Devia ter um vigor fora do comum para mover com tanta agilidade um corpo daquele tamanho.

Senti um cheiro bom de omelete de champignon. Estava na época dos cogumelos. Lá em casa, minha mãe tinha seus recantos secretos para colhê-los. Que mais ninguém podia descobrir, dizia, ou eles deixariam de brotar. E, para ir juntá-los, fazíamos uma série de desvios tortuosos a fim de despistar hipotéticos espiões. Uma aventura.

Farejava o ar buscando cogumelos e encontrava recordações. Curiosamente, sentia-me como um animal que nunca esquece que não há presa melhor do que o próprio caçador. Mas qual era a minha presa? Senti o cansaço me invadir e me preparei para enfrentá-lo.

A mão que então pousou no meu ombro tinha a pele enrugada, unhas compridas e sujas. Virei-me bruscamente. O homem mal se afastou. Tinha o aspecto de um mendigo, mas não desses mendigos que se veem nas grandes cidades. Havia dignidade no seu porte. Maquinalmente enfiei a mão no bolso em busca de moedas. O homem recuou e me fitou severamente. Um velho com algum transtorno psíquico, pensei, sem conseguir fugir dos olhinhos escuros, bem encaixados nas órbitas e faiscantes de malícia. Para me furtar ao seu olhar, virei-me na direção tomada pelo prefeito. A fumaça do escapamento se distanciando devia ser do seu carro. Tive a impressão de ser abandonado. Não fazia sentido. Existem momentos e sensações que só parecem ser de pânico porque desconhecemos sua origem.

– Sujeito esquisito, hein? – disse o velho, tornando a atrair minha atenção. –Insolente, mas eficaz. Em época de eleição, não se acha em Saint-Macaire outro candidato à altura, nem procurando com lupa.

Sua voz o tornava menos inquietante. De origem eslava, pensei, pela aspereza das consoantes. Mas as vogais tinham melodia latina, espanhol talvez. Seria um cigano? Nunca tinha visto nenhum parecido. Os nômades, mesmo quando se estabelecem, são sempre viajantes na alma e dá para reconhecê-los de longe. Aquele homem tinha mais jeito de militar aposentado – uma aposentadoria minúscula, a julgar por suas roupas surradas.

– Já não se fazem mais, hoje em dia, animais políticos como ele. Você não acha?

Tratava-me com familiaridade, o que parecia ser natural. Pela idade, eu podia ser seu filho. Movia incessantemente as mandíbulas, cacoete típico das pessoas que não se acostumam com a dentadura.

Respondi que podia ser, já que agora só animais aceitavam cargos políticos. Não que eu realmente pensasse assim, só queria cortar no ato uma discussão que, para mim, não tinha o menor interesse.

Antes que ele pudesse responder, levei dois dedos à testa em sinal de cumprimento e fui andando.

Perder-se em Saint-Macaire era praticamente impossível. Entre a rodovia nacional ao norte e o rio ao sul, era seguir as trilhas margeadas de árvores centenárias e acabar, cem metros adiante, entre sebes de urtigas de um lado e pés de videira de outro. Do cemitério de Bas-Pian, contudo, nem sinal.

Voltei sobre os meus passos, procurando quem pudesse me informar. Avistei, de longe, uma mulher com um cachorro. Corri antes de ela sumir atrás de uma porta. Ao me aproximar, percebi que estava com ela o velho de ainda há pouco. Encostado num conversível, discutia animadamente com a mulher.

O cão – um scottish preto – tinha manifestamente irrigado a porta do carro, e o velho agora ameaçava se vingar indo mijar, por sua vez, na porta da casa da mulher. A qual foi saindo, levando o cachorro e fazendo ar de nojo. O velho puxou o limpador de para-brisa do vidro e o soltou de volta, e então estirou os lábios:

– Bonito carro, hein?

Visivelmente, esperava minha aprovação. Atendi ao seu desejo e perguntei em seguida, com o mesmo tom, como se ia ao cemitério.

– Vejamos – prosseguiu ele, dando tapinhas na carroceria –, quanto você acha que custa um carro desses?

Eu não tinha a menor ideia, e aquilo tudo já estava me irritando. Saint-Macaire, definitivamente, não dava muito certo para mim.

O velho assoou o nariz com o polegar e o indicador e, depois de limpar os dedos no capote de couro preto, lançou-me um olhar severo.

– Como é que pode andar por aí sentando o traseiro em três, quatro mil francos de lataria? Basta um momento de distração, a duzentos por hora... Vou te dizer! Mas deixa para lá. O cemitério que está procurando fica logo ali. Está vendo a capela? É pequeno, mas ainda tem muito espaço.

Quando me virei para agradecer, ele já se afastava.

Eu tinha passado duas vezes na frente sem perceber. Só um urubu teimoso para enxergar os quatro crucifixos no fim de uma viela enfiada no meio das casas. Não haveria por que estar fechado, cemitérios costumam ser locais abertos ao público, mas num lugar daqueles, esquecido por Deus e os homens, isso me parecia uma imprudência. Um reles retângulo de cascalho avermelhado, cortado aqui e ali por cruzes capengas. Que fazia Silvana num lugar como aquele? Qualquer um podia entrar, pisotear os túmulos, plantar repolhos ou degolar uma galinha para ver se ganhava na loto. Não havia ninguém para impedir. Quanto a mim, não conseguia nem cruzar o portão.

A exaustão desabou sem avisar, senti as pernas bambas e, na cabeça, a náusea do silêncio. Tudo por culpa dos tantos rostos que eu já tinha visto, das histórias ora semelhantes, ora distintas, das alegrias sem esperança e tão fundamentalmente distantes. Rostos que representavam tudo, menos o que eram de fato. E ela, ela estava ausente.

Precisava do seu olhar, para poder ir até ela. Sempre tinha sido assim entre nós. A vida, a morte e os milagres, uma simples questão de olhares. Dizia Silvana que falar só servia para se justificar. Verdade verdadeira! Mentira, quem dizia isso era o tio dela, que com certeza era um idiota. Porque eu gostava de falar, e não tinha nada para justificar para ninguém. Era o que eu achava. Ela então me lançava um olhar feroz, e eu teimava mais ainda. Ela, nessa época, costumava trançar o cabelo. Uma trança só, que batia no meio das costas e, quando ela corria, parecia um limpador de para-brisa preto. Quando ela corria... Dizem que o cabelo continua a crescer, mesmo depois.

Com a boca ressecada desse pavor que toma conta da gente na hora de atacar, avancei a passos miúdos.

Eram túmulos medíocres, de pessoas que nunca tinham acreditado na morte, talvez porque estivessem ocupadas demais em viver. Alguns estavam revirados, outros revelavam um leve desnível do terreno. Tinha a impressão, a cada passo, de estar pisando num cadáver. Raros eram os nomes ainda legíveis – o tempo derrotara facilmente o material de má qualidade em que tinham sido gravados.

As pessoas mortas recentemente não eram muitas, a maioria dos epitáfios remontava à Segunda Guerra Mundial. "Benedetto Risi", ali estava um de origem italiana. Falecido em 7 de fevereiro de 1943, sem data de nascimento. Inclinei-me para ver melhor, mas não havia nada para ver. Legalmente falando, Benedetto Risi nunca tinha nascido, mas seguramente era um homem morto. Ataque cardíaco, é claro, como todos que param de respirar. "Mas que história é essa, onde já se viu um morto com um coração que não para de bater?"

A voz que eu ouvia era a do meu pai, mas a raiva que trazia em si lembrava Yo Svanvero. Isso foi quando, exausta, Angelina, a mulher do pastor de cabras, foi ter com eles lá em cima, nas montanhas dos Abruzzos, para avisar que os alemães...

"... ou era porque amava tanto Yo Svanvero que queria morrer nos braços dele?", insinuava meu pai. O marido tinha lhe dado uma surra de matar, mas Angelina sobrevivera. Se não tivesse andado três dias inteiros para nos encontrar, seu coração não ia falhar sem mais nem menos.

"Fazia tempo que o sol já tinha se posto; nas montanhas, passa-se num instante do dia para a noite. Apesar do cansaço e da escuridão, tínhamos de arrumar as trouxas e sair dali. Angelina se sentara numa saliência rochosa e olhava para nós. Não perdia Yo Svanvero de vista enquanto ele corria para lá e para cá no acampamento, apressando os retardatários. Súbito, Angelina sumiu. Na hora, não dei bola, achei que tinha se afastado para fazer uma necessidade. Aí alguém gritou, e todos nós acorremos. Estava deitada de bruços, atrás de uma rocha. Suas pernas e braços estavam em posição anormal, como contorcidos por fortes espasmos musculares. Estávamos a dois passos dali, mas ninguém tinha ouvido gemido nenhum. Yo Svanvero chegou correndo. Quando a viu naquele estado, deu um passo atrás, petrificado. Ninguém dizia nada. Yo então engoliu em seco várias vezes e fez, com a mão, sinal para nos afastarmos.

"Havia entre nós um médico. Um homem corpulento que vivia reclamando. Verdade é que ele não entrara na Resistência por escolha; comunistas, fascistas, para ele era tudo igual: um bando de vagabundos. Acabara ali depois de cuidar de um ferido, um homem que, esse sim, estava na Resistência. O médico não sabia disso, mas os fascistas sabiam. Seja como for, parecia entender do assunto. Inclinou-se sobre Angelina e, com dois gestos simples, ajeitou seus membros desarticulados. Então examinou seus olhos, sua boca, os dedos das mãos e dos pés. Yo Svanvero, muito teso, só observava. Estava com sangue na testa. Teria rebentado a cabeça no rochedo se não o tivessem contido a tempo. O médico se levantou e declarou, esfregando as mãos na calça: 'Ataque cardíaco'.

"Yo Svanvero despachou-lhe um soco.

"Foi enterrada ali mesmo. Era praticante, tinha de haver algum tipo de cerimônia religiosa. Enquanto isso, o tempo ia passando e os alemães, avançando. Foi Terenzio quem cuidou disso. Confeccionou em dois toques, com uma baioneta, uma cruz digna de uma boa católica. Yo Svanvero cuidou do epitáfio. Mergulhando o dedo no próprio sangue, escreveu: *Hic jacet...* Só Deus sabe onde ele tinha aprendido latim! *Hic jacet Angelina Costanzo, falecida em...*

"'Antes vai a data de nascimento', observou o médico. Ele o fulminou com o olhar, deu um passo atrás, mais um, e desatou em prantos.

"Ele mais tarde confessou a Terenzio – o qual, ao ver um homem como Yo Svanvero chorando, sentiu-se como se o céu estivesse caindo na sua cabeça – que tinha sido a resina do pinheiro: maldita alergia que ele arrastava desde o berço."

Difícil, para mim, usar o mesmo estratagema: no cemitério de Bas--Pian não havia um arbusto sequer. Uma terra árida em que não brotavam nem os choupos mais estéreis. O cenário ideal para um filme de

Sergio Leone. A qualquer momento, alguém ia surgir de trás de um crucifixo, colt 45 na mão, olhar assassino: alto lá, *hombre*, pare e lute! Bum... Ele cai, e está acabado. Mas antes de cuspir seu sangue encarnado na terra vermelha da América, seus olhos azuis fitam o túmulo da mulher, e então se fecham para sempre.

Mas, talvez devido a sua cor, meus olhos não se fecharam sobre o túmulo de Silvana, pelo contrário. Ficaram bem abertos, esperando que ocorresse um dos fenômenos que eu havia cogitado. A emoção, no entanto, sempre depende de uma ideia, de uma imagem, de um cheiro ou de um som, se alimenta de algo vivo. E, ali, eu só via um cercadinho de uns vinte centímetros de altura, com cascalho espalhado em cima. No lugar da cruz, um pauzinho de madeira pintado de vermelho, com uma moldura, vermelha também, contendo um epitáfio e um sobrenome desconhecido: Nirfo, nascida e morta. Nada disso tinha a ver com a nossa história, com a minha Silvana que estava grávida em algum lugar, bem perto, e que, eu pressentia, dessa vez eu ia encontrar. Não havia tempo a perder, tinha que deixar o quanto antes aquele solo avermelhado onde os mortos de todos os séculos tinham se juntado, para cavar a terra sob os meus pés e jogá-la na minha cara.

Mas eu queria ficar ali deitado, rosto enfiado no chão, e nunca mais ver o sol, porque debaixo de um céu negro de nuvens é que Silvana se deixara beijar da primeira vez. Queria ir ao seu encontro debaixo de chuva forte, correr de mãos dadas com ela até uma cabana de caçadores. Era só esperar, o temporal ia acabar desabando, vi que se aproximava a passos de gigante, o próprio chão chegava a tremer. O primeiro raio foi como um tapa na cara, o segundo me fez gritar.

– Eu não disse para você almoçar comigo? Há quanto tempo está de estômago vazio? Está conseguindo andar?

Ele me carregou feito um peso morto até um portãozinho que dava para uma estreita passagem cheia de mato, no fim da qual se avistava a porta de uma casa. Ele abriu com a chave que tinha me dado ainda há pouco. Lá dentro, um forte cheiro de umidade me pegou pelas tripas.

O prefeito de Saint-Macaire era, sem dúvida, uma figura incomum, capaz de passar da brutalidade gratuita para um cuidado quase maternal sem nem mudar de expressão. Depois de ordenar que eu deitasse num sofá meio peça de museu, pôs-se em busca de panelas e chás. Era de rolar de rir ver aquele grandalhão abrindo e fechando os armários, lançando olhares preocupados em minha direção.

Um litro de chá de erva-cidreira e meio pote de mel mais tarde, olhou o relógio e levantou-se de um salto. Eu ia fazer o mesmo, mas o homem pôs firmemente a mão no meu ombro, me forçando a ficar sentado.

— Essa casa é minha, ninguém vai vir perturbá-lo aqui. De qualquer modo, não pode ir embora assim, você sabe. Está certo, Silvana morreu. Mas restam os vivos e coisas importantes para conversar.

— Foi ataque cardíaco?

Ele fez que não ouviu. Foi até a porta, abriu-a, coçou a barba e se virou, tentando disfarçar sua decepção.

— Estou sem tempo agora. Foi um acidente. Ela caiu e bateu a cabeça. Era de noite. Foi encontrada morta na manhã seguinte.

Não quis ouvir mais detalhes. A pergunta me queimava a boca, precisava urgentemente saber se Silvana e ele...

— Ela era minha prima — respondeu secamente. E saiu batendo a porta.

Capítulo 14

A casa era orientada para o norte; a luz do dia não lograva clarear o térreo. Fiquei parado na penumbra, meu olhar vagueando pelos móveis, portas, gravuras marcadas de umidade, cadeiras e poltronas de tudo que era época, pilhas de caixas. Nada disso correspondia à imagem que eu guardava de Silvana. A casa mais parecia um depósito aberto a qualquer um que quisesse se desfazer de um período da sua vida.

No andar de cima, topei com cartaz colado numa porta, com um urso de pelúcia prestes a enfiar uma bala na cabeça. Abri a porta e me vi num cômodo vazio, ou melhor, quase vazio. A um canto, embolada na poeira, havia uma meia soquete abandonada. Juntei-a e a estiquei com a delicadeza devida a uma moribunda. Era uma meia soquete cor--de-rosa de algodão puro. No tornozelo, abaixo do elástico, o rosto barbudo de Freud, com um lacinho roxo fazendo as vezes de gravata borboleta. Guardei-a no bolso.

Procurei por tudo. Nenhuma foto, nenhuma prova da presença de Silvana naquele lugar. Talvez não fosse ela. Cheguei a pensar em mandar exumar o corpo para conferir. Dois anos depois.

Desci e me arriei numa poltrona que Silvana nunca teria se prestado a ter em casa. Num dos braços, descansava um leque preto com rosas vermelhas, estilo flamenco. O leque parecia antigo e era: plástico 100% anos 50, nem um turista esquimó se enganaria. Pensei que minha mãe, lá, no calor sufocante dos Pântanos Pontine, teria apreciado aquele objeto leve e útil. Mas minha mãe já tinha morrido havia anos e, de qualquer modo, nunca teria posto os pés num lugar tão úmido como Saint-Macaire. Isso é por causa do rio, ainda iriam me explicar: "Você sabe, existem dois tipos de neblina, a que sobe e a que desce. Quando as duas neblinas se encontram é que...".

Saint-Macaire parecia ser um ponto de encontro. E não somente das névoas atmosféricas, como também – e principalmente – das névoas que embaçam a História. Segundo todos que moravam lá há tempo suficiente para pegar reumatismo, Saint-Macaire tinha uma propensão para o meio-termo: burgo medieval, Entre-Dois-Mares, meio escravagista e meio incrédula, em parte rica e em parte traída, semilivre e semiocupada pelos alemães, eternamente inundada pelo vinho de Bordeaux e a água do Garonne.

O prefeito desaparecera; dera uma saída repentina para tratar de um caso de cidade-irmã com a Itália, segundo me disseram na prefeitura. De urgência, como para um parto. Na vila, minha impressão era que tinham se combinado: era só eu pedir uma informação não incluída nos panfletos turísticos para as pessoas me afirmarem que a Itália era um lindo país, mas que o vinho daqui era melhor. O bar ficava ali perto. Aceitei um ou outro convite para um trago, na esperança de que, fazendo-os beber, poderia induzi-los a me falar de Silvana. Gastei uma fortuna em troca de monstruosas dores de cabeça.

Dividido que estava entre a vontade de fugir e a necessidade de saber, quis o acaso que toda vez que fosse até a estação já não houvesse mais trem para Bordeaux. Voltava então sobre meus passos, parando no supermercado para me abastecer de vinho e comida por mais um dia.

Ao retornar de uma dessas partidas frustradas é que cruzei novamente com o velho de unhas sujas. Não o reconheci de imediato, porque estava usando um velho gorro militar bem enfiado na cabeça e também porque o vi de costas. Estava apoiado numa cerca, atrás da qual grunhiam dois porcos malhados. Assim que notou minha presença, cumprimentou-me calorosamente. Perguntei-lhe se, por acaso, os animais lhe pertenciam, respondeu que não. Perguntei se ele morava por ali, respondeu com um gesto vago. Seu sotaque ainda me intrigava, estava curioso em saber sua origem. Estava pensando em inquiri-lo a respeito quando meu olhar foi novamente atraído por seu gorro. Então reconheci o emblema do batalhão San Marco, de Veneza. O velho confirmou com um meio sorriso antes de voltar aos porcos.

– São uns belos animais, não são? Inteligentes. O cérebro deles tem quase o mesmo peso do humano. Você, que vem da capital, saberia me dizer o que é a inteligência?

Fiquei pensando numa resposta, qualquer uma serviria. Mas não me ocorreu nenhuma.

– Está vendo? A inteligência não é dada a qualquer um, no entanto é muito simples: é a capacidade de viver a vida explorando ao máximo o meio ambiente, e isso sem nenhuma moral: que nem os porcos. Não concorda?

Eu tinha cá minhas dúvidas. Mas a sensação de que o velho tentava me dizer alguma coisa me calou a boca.

— Os porcos — prosseguiu, movimentando a dentadura — sabem perfeitamente qual é o seu campo de ação e nunca vão além de suas chances efetivas de êxito. Um bom soldado faria o mesmo, só que não conta com o instinto de sobrevivência extremamente desenvolvido que caracteriza esses animais. São bichos excepcionais, o homem teria muito que aprender com eles, não concorda?

O ar estava morno. Atrás das casas, para os lados do rio, o sol poente tingia de vermelho as altas copas dos álamos. Um moleque andando de bicicleta *cross* reduziu a marcha, olhou para nós, observou os porcos e recomeçou a pedalar. Tinha decerto uma mãe que o esperava para jantar e uma irmã mais velha que o ajudava com os deveres de casa. E também um pai. Um homem rude, mas que conhecia a vida e criava porcos. Para carneá-los no Natal, quando o frio está cortante e o salame seca melhor. E o velho, que não acabava nunca de discorrer sobre filosofia porcina como se a tivesse estudado na universidade, sem dúvida era o avô de uma penca de moleques como aquele que acabava de passar. Era quem consultava a lua antes de plantar os repolhos ou cortar o cabelo. Era quem falava enquanto os outros ouviam. Não havia nada de novo ou velho no que dizia, o sentido último de suas palavras estava além. Sua melodia se destinava a um público restrito, às pessoas mais próximas.

Eu compreendia tudo isso. Julguei compreender, inclusive, o pique do moleque, que naquele exato momento sumiu atrás da curva, enquanto eu contemplava com certo carinho aquele fim de mundo desconhecido e, ao mesmo tempo, familiar.

O velho falava; os porcos o escutavam com a tranquilidade de quem sabe que mesmo a pior das guerras rebenta num maravilhoso instante de paz.

— Minha história com eles é antiga. A gente se vê todo dia e sempre tem assunto para conversar. Porque eles também falam, você sabe. Por trás de cada grunhido, de cada alçar de sobrancelha, há uma opinião, uma queixa ou uma pergunta, a que muitas vezes não sei responder. São animais muito exigentes. Têm vida curta, mas têm memória longa. Que eles transmitem, junto com o temperamento, de uma geração para outra. Sabia que dois leitões separados ao nascer são capazes de se reconhecer dentro de uma criação industrial, mesmo sem nunca terem se visto antes?

Não, eu não sabia. Como tampouco sabia o que estava fazendo ali, à beira de uma estrada qualquer, num lugarejo como Saint-Macaire, escutando um velho que mastigava a dentadura falando dos porcos como se fossem seres humanos. Ele era, sem dúvida alguma, meio esquisito. Com um pouco de paciência, e depois de ele esgotar seu repertório zoológico, quem sabe não se lembrasse da prima do prefeito. E, se tratasse do assunto com a mesma generosidade com que tratava o dos porcos, Silvana podia deixar de ser um fantasma. Eu finalmente a veria viver, o que era a única forma de eu aceitar sua morte.

Mas isso tinha que partir dele, espontaneamente. Se eu interrompesse com uma pergunta, faria igual a todos os outros. Eu sabia, na verdade, que aquele homem era a minha última chance, e se a deixasse escapar minha viagem a Saint-Macaire perderia todo o sentido.

A luminosidade do entardecer o incomodava. Lançou-me um olhar estranho. Como querendo conferir se eu estava ouvindo. Deve ter concluído que eu era um aluno atento, pois passou direto às apresentações.

– Aquele ali é o Attilio. É simpático, mas é uma legítima sarna. Assim que viro as costas ele começa a destruir o cercado. Mas a mais interessante é ela. Veja, ela sabe que está no centro das atenções e se faz de dengosa. O nome dela é Marcella e nunca aceita nada de estranhos. Experimente dar a ela um pedaço de sabão e vai ver. E isso porque ela adora sabão, é capaz de comer até passar mal. Há pessoas que se ofendem quando as comparamos aos porcos; eu, que passo horas a observá-los, acho que é mais um elogio. Graças a eles, entendo melhor os seres humanos: as qualidades, as loucuras e até os caprichos, são idênticos.

Já sem saber se devia continuar, pôs-se a olhar para o céu. Não sei o que via, mas retomou com mais convicção ainda:

– Morou por aqui uma mulher, uma parente, capaz de perder a cabeça por um punhado de pistache. Mas, igual a Marcella com o sabão, poucos eram os que podiam se dar ao luxo de lhe oferecer pistache. Ela tinha uma filha com o mesmo temperamento, por isso é que as duas não se davam.

A voz de repente se fez menos musical, mais áspera. As palavras agora vinham uma atrás da outra, desfiadas como contas de um rosário. Já sem tanta certeza de querer continuar ouvindo, senti brotar a angústia. Mas ele seguiu no embalo.

"Embora a mãe cuidasse para que não lhe faltasse nada, a relação entre elas só foi piorando com o tempo. De repente, Nada – era o nome da filha – se pôs a crescer feito um coqueiro e foi embora. Para Silvana, isso foi o começo do fim."

Levei alguns segundos para entender. Um momento de apneia em que meu cérebro procurava desesperadamente um motivo para não matar o velho com minhas próprias mãos. Tive de apelar para o diabo em pessoa para conter minhas mãos, impedir que elas apertassem seu pescoço para ele parar de uma vez por todas com aquelas histórias de porcos. Eu estava louco de raiva, fiz um vazio dentro de mim.

Quando me recompus, notei que o velho não tinha parado de falar, e massageava a garganta como que intuindo a iminência de meu gesto. Nem sinal de medo em seu semblante, a morte não o impressionava nem um pouco. Ao contrário, pôs o braço no meu ombro com uma audácia impressionante e foi me levando com ele.

Andamos em direção ao vilarejo. A tormenta que devastara minha alma pouco antes dera lugar a uma surpreendente sensação de calma.

Ele caminhava ao meu lado, e eu não ouvia sua respiração. Os últimos clarões do dia estiravam nossas sombras nas cercas brancas dos jardins. Parecia que o outono queria se demorar mais um pouco, junto com os derradeiros aromas do verão. Havia hortelã ali perto, o cheiro perfumava o ar. Parei para encher as narinas, e foi quando vi as duas lágrimas escorrendo no rosto ossudo e apergaminhado do velho. Ia dizer alguma coisa, mas ele, despeitado, puxou o gorro sobre a testa.

Chegamos ao vilarejo sem termos aberto a boca. Frente à porta de um café, alguns clientes nos cumprimentaram meneando a cabeça. Não era a mim que se dirigiam, mas ao velho, que os ignorou. Ele até me pegou pelo braço para eu apressar o passo. Não que tivéssemos andado quilômetros, mas para um homem da idade dele aquele ritmo exigia alguma energia. Ao passarmos pela prefeitura, deu uma olhada nas janelas. Só havia uma luz acesa.

– O galo voltou para o galinheiro – disse, sarcástico. – Aposto como ninguém na vila se atreveu a te dizer que o prefeito é meu filho.

Custei a acreditar, aqueles dois não tinham mesmo nada em comum, a começar fisicamente. Seria o velho um mitômano? Deixá-lo ali plantado e cair fora seria a coisa mais sensata a fazer. Mas ele pronunciara o nome de Silvana e... Minha paciência estava no limite, cheguei a acalentar a ideia de fazê-lo cuspir à força tudo que sabia. No instante seguinte, senti vergonha de mim.

– Somos bem diferentes, hein? – disse ele, reduzindo o passo. – Ele puxou à família da mãe. É um pessoal do Norte, todos têm dois metros de altura e ingerem toneladas de carne e manteiga. E depois têm um enfarte, como a pobre da minha mulher, que Deus a tenha... E olhe que já fazia um tempinho que eu a convertera ao azeite de oliva. Já você, com esses quatro fios de cabelo na cabeça e magro desse jeito, sem dúvida puxou ao pai – concluiu, sacudindo o dedo indicador como me ameaçando.

O que ele sabia do meu pai? Não sei se verbalizei a pergunta ou se foi ele que se adiantou. Seja como for, antes de mergulhar novamente em seu mutismo ele respondeu:

– Mas nunca dá para ter certeza, porque somos homens, e só às mulheres é permitido não ter dúvidas sobre sua maternidade. Não concorda?

Não concordava, mas não era essa a questão. Mais uma vez, guardei meus pensamentos para mim.

Já era tarde quando chegamos frente a uma porta de metal seriamente corroída de ferrugem. Ele puxou uma cordinha enquanto empurrava o portão com o pé, e nos vimos num pedaço de terra cuidadosamente cultivado. Ao fundo, ficava a casa – um cubo de pedra de dois pisos que, para além das muralhas da cidade antiga, dominava a planície até as longínquas fileiras de álamos que margeavam o Garonne. Antes de fechar as venezianas, ele comentou que antigamente as águas do rio chegavam até rente à casa e que o largo que se avistava lá embaixo, à esquerda, tinha sido um porto comercial importante para a região.

Plástico por tudo, fórmica, armários americanos, antigas fotos em preto e branco revestindo por inteiro a parte superior de uma parede; estávamos na sala de jantar. Ele arredou uma das cadeiras em volta da mesa e sentou-se numa poltrona surrada discorrendo sobre um tal de Macarius: um ex-treinador de gladiadores convertido ao cristianismo, que aparecera na região por volta dos anos 400. Em seguida fundara a cidade, tornara-se bispo e...

Falava enfaticamente sobre esse Macarius, como se tivesse conhecido o famoso peregrino pessoalmente. Dizia que era um sujeito hipercolhudo, esquecendo-se de que testículos não são atributos indispensáveis para um homem da Igreja. Eram histórias que ele próprio ouvira contar dezenas de vezes e agora contribuía para enriquecê-las como mil outras pessoas haviam feito antes dele.

Mas as histórias que eu queria ouvir naquele dia eram bem outras, e foi o que eu lhe disse.

– Não tenho nenhuma bebida para oferecer – declarou bruscamente. – Depois da morte da minha mulher, não entrou mais nenhuma garrafa de vinho nesta casa. De que serve beber sozinho, hein, pode me dizer? Se bem que, agora, Deus sabe que um dedo de vinho não viria mal.

Eu tinha esquecido completamente as compras que trazia na mochila; junto com meio frango assado e dois rolos de papel higiênico, havia a incontornável garrafa de Bordeaux. Coloquei-a sobre a mesa, ele levantou para ir pegar um saca-rolha na cozinha. Ouvi que ele vasculhava várias gavetas, resmungando. Voltou com um ar desolado.

– Não tem jeito, joguei fora. Dessas coisas que a gente faz sem ter noção; acontece, na minha idade. É o que sempre diz o meu médico. Mas talvez seja melhor assim. Faz uns vinte anos, pelo menos, que não bebo, ia me dar diarreia.

Tornou a sentar-se e, cotovelo no braço da poltrona, massageou a testa. Então, duas vezes, ergueu a cabeça como se fosse iniciar um discurso. Mas cada tentativa terminava num suspiro, e ele voltava a alisar as rugas. Dava para sentir, pelo jeito como evitávamos olhar um para o outro, que estávamos a dois dedos de alguma coisa. Para mim, era um pouco como termos marcado encontro numa neblina tão densa que daria para passar a vida um do lado do outro sem nunca nos acharmos. No entanto, mais forte do que a vontade de se encontrar era o pavor que uma rajada de vento varresse a névoa de repente e que, enfim face a face, nenhuma palavra nos viesse à boca. E que o tempo infinito nos exaurisse na mais completa indiferença.

Esse pressentimento revelou ter fundamento quando ele tirou o gorro e o dobrou ao meio, deixando bem à mostra o emblema do batalhão. E então me lançou um olhar que me deixou arrepiado:

"É uma longa história, mas, veja bem, não tem nada de especial. É dessas coisas simples que só acontecem para quem é vivo, como se diz. Em 1941, meu rapaz, morria-se tão facilmente que, quando surgia uma boa oportunidade, ninguém regateava. Calma, não estou só fazendo rodeios, sei que você nasceu uns anos depois. Como Silvana – acrescentou baixinho."

Pensei que fosse mergulhar em mais um dos seus silêncios pensativos, mas ele continuou em seguida:

"Oficialmente, o batalhão San Marco fora destacado em Bordeaux para, em parte, apoiar gloriosamente a divisão Totenkopf. Na verdade, estávamos inteiramente às ordens dos oficiais da SS e só o que recebíamos era desprezo e humilhações; colaboração uma ova! Aliás, não era de se surpreender; tinha que ver o nosso estado! Nem botinas Roma nos forneciam. Sem falar nos nossos fuzis, totalmente ridículos. Eu nunca tinha sido fascista; era um bom soldado, isso sim, e não me fazia muitas perguntas. Para mim, a guerra era para ser ganha, e ponto. O resto era com o rei. Mas em vez disso tinham nos mandado para Bordeaux, sem recursos, feito uns indigentes, para virarmos escravos dos alemães. E isso um soldado do batalhão San Marco não podia tolerar. Os alemães desconfiavam da gente e, dada a situação, não estavam de todo errados; nós lutávamos pelo rei, e eles, por um quitandeiro bigodudo. Havia um fosso entre nós.

"Graças a alguns contatos e à minha patente de subtenente, eu tinha o privilégio de aceder aos 'salões' reservados às personalidades civis e militares. Foi num desses bordéis que conheci Joe Swanverho; Yo, como dizem na sua terra. Ele, na época, tinha um passaporte italiano, conforme suas supostas origens, e se fazia passar por um comerciante de alto nível. Na verdade, era um espião inglês que colaborava com a Resistência. Não sei quais eram os planos deles, mas a linha de demarcação passava por aqui, e estavam planejando um golpe grande. Precisavam de informações sobre o movimento das tropas e, para obtê-las, contavam explorar as relações, cada vez mais hostis, entre os soldados italianos e o comando alemão. Yo era a figura de proa. Difícil dizer se nos tornamos primeiro amigos e depois cúmplices ou vice-versa. Só lembro que, quando vi, estava servindo de espião para ele sem nem dar por isso. Yo era muito esperto. Mas tinha um ponto fraco: os colhões. Não tenho culpa, ele dizia, quando vejo uma mulher bonita, meus órgãos entram em polvorosa e só me resta ir atrás. O problema é que, da cabeça para a virilha, há certa distância, e, além do mais, os bagos são cegos. Ou seja, o risco de se perder é grande."

A luz fraca atenuava as feições marcadas de seu rosto. A sala era grande e bem arrumada, alguém cuidava da faxina. Também pairava no ar o cheiro típico das pessoas de idade. As casas absorvem, se alimentam da vida de quem vive nelas. A nossa, lá nos Pântanos Pontine, era obviamente intoxicada. Sempre havia na salamandra a lenha, muita fumaça e pouco fogo; às vezes não se enxergava nada, só se ouvia a voz de meu pai, tocando a mesma música do velho. Uma música composta com as mesmas notas, mas dotada de alma distinta. A ladainha de Saint-Macaire não me fazia dormir.

Suavemente embalado pelo tênue fio da diferença, vez ou outra confundindo vozes e imagens, recostei-me no espaldar da cadeira e me pus a sonhar. Sonhei que estava num estado de quase sono, nesse momento singular em que conseguimos governar os sonhos. Um estado que dura pouco, mas tem a vantagem de contar histórias nas quais podemos intervir. Acaba ajudando.

O velho continuava desfiando as palavras em ritmo de metralhadora. O registro era diferente, sem dúvida, mas bastaria quase nada para ele tocar na orquestra de meu pai. Questão de época, de geografia também, as linguagens mudam e assim também os conteúdos. Parece evidente, mas às vezes, em nossa sonolência, conduzimos a música. A minha não era desagradável, só um pouco perturbada por ruídos de fundo.

O Yo Svanvero que eu conhecera tinha problemas de periquita, não havia como negar, falava nela a torto e a direito. Mas, entre os salões de Bordeaux e o vinhedo onde sua mulher lhe levava a sopa, quanto caminho andado! Correndo atrás dos seus colhões, Yo Svanvero levara anos para percorrer essa distância. Depois de comprometer o sucesso da missão bordelense, só graças a um anjo da guarda conseguiu escapar da Gestapo. Chegou à Itália sem dinheiro e já sem a cobertura dos serviços secretos ingleses.

Do outro lado da mesa, o anjo em questão, que nesse meio-tempo perdera todas as penas, tornou a colocar o chapéu. Qual soldado partindo para as trincheiras, retomou a marcha de suas recordações.

"Não era assim tão longe, mesmo naquela época. Sem pressa, dava para sair daqui, chegar a Latina, dar um alô para a família e, querendo mesmo voltar, uma semana depois se estava de volta. Eu, depois do armistício, nem tentei. As fronteiras eram controladas pelos alemães, as montanhas estavam cheias de resistentes. E eu estava farto da guerra. Aqui, pelo menos, podia ficar tranquilo.

"Nos tempos de Yo, tempos em que um monte de gente se divertia graças às cédulas falsas com que ele enchia os bolsos toda noite, não era raro encontrar homens como seu Board. Um homem com tino para os negócios. Teve a ideia de comprar minas abandonadas, incrementá-las com uns pseudomenires e abrir uma boate completamente esquisita chamada Les Grottes[1]. Vinha gente até da capital. A boate fervilhava de artistas, políticos de todo gênero, milionários, depravados! Seu Board era como um lobo, de olho em todos os rebanhos da região, e nunca caçava ao acaso. Podia colaborar com qualquer um, dizem hoje

---

1. "As grutas". (N. E.)

seus inimigos, mas estão errados. Porque, na verdade, os outros é que acabavam colaborando com seu Board. Dizia ele que não se devia confiar nos italianos, mas depois que um oficial alemão matou seu barman havaiano – que era de fato marroquino e ainda meio judeu, ao que dizem – ele imediatamente me contratou. Se as grutas pudessem falar, ia sobrar para todo mundo.

"Vi mais sacanagem nesse período do que nos filmes de Pasolini. Não sei como podem chamar de arte esses troços nojentos que ele produzia. Você já viu os filmes de Pasolini? Não, claro, Silvana me disse que não tinha a ver com vocês. Vocês faziam a revolução em vez de ir ao cinema, gostavam do perigo. Se tivessem sido barmen nos tempos do seu Board, teriam se fartado. A gente, naquele tempo, arriscava a vida de verdade!

"Mas veio o desembarque aliado. A guerra chegava ao fim. Seu Board entendeu que precisava mudar de rumo. Deixou Les Grottes de lado e investiu na agricultura intensiva. Enquanto isso, Yo e Teodoro desciam as montanhas da Itália central, e os carabineiros esperavam lá embaixo para prendê-los. Era aplicado o código penal. Tudo levava a crer que estávamos finalmente voltando à normalidade, mas, ainda assim, não me animei a voltar. Minha família agora estava aqui, e também meu trabalho.

"Seu Board ia acabar voltando. Ao passo que lá, em meio às ruínas da guerra, só me restava um irmão meio pancada que, em vez de simplesmente hospedar Yo uns quinze dias como eu lhe pedira na época, deixara-se envolver nessas sandices comunistas. E assim que o Estado Novo republicano pôs os tribunais ao trabalho, só restava – a ele e a todo o bando de ingênuos que o acompanhavam – dividir igualitariamente os anos de cadeia. Era inevitável, não se constrói um país democrático sobre atos de banditismo. Não concorda?"

Não era uma pergunta. Era algo que ele dizia a cada vez que tomava fôlego. Se eu me desse ao trabalho de responder de fato, seria o fim da conversa. Mas nem ele esperava uma resposta. Para me contar o que queria me contar, acho que não precisava.

"... Yo foi um dos primeiros a sair, graças a sua nacionalidade inglesa. Meu irmão foi solto dois anos depois, porque estava com malária e o juiz declarou que, de qualquer forma, já não tinha muito tempo de vida. O que era verdade. Mas, antes de morrer, meu irmão não só teve tempo de casar como ainda perdeu a mulher e se viu sozinho com um filho para cuidar. Era um cabeça de vento e, resumindo, não nos dávamos muito bem. Mas, quando soube que ele tinha morrido, saltei no primeiro trem e desembarquei em Latina. Tarde demais para o enterro, os trens já não funcionavam como nos tempos de Mussolini, mas ainda cheguei a tempo de impedir que Silvana fosse parar no orfanato. Trazê-la para a França era impensável. Minha mulher, que tinha tuberculose, não estava em condições de criar uma menina de menos de dois anos. Restavam as instituições religiosas que, por serem pagas, eram menos ruins. Encontrei uma razoável, mas a papelada para a tutela não acabava nunca. Nos primeiros dias, fiquei no apartamento do meu irmão, mas logo o proprietário veio pedir as chaves, de modo que pedi hospitalidade à única pessoa que não poderia recusar..."

Por lassidão, ou para dar forma às suas palavras, eu escutava de olhos fechados extensos trechos de sua narrativa. Abria-os de repente para me assegurar de que o velho estava mesmo ali, que aquela não era uma enésima pegadinha na longa noite do exilado. As horas que passei no escuro, discutindo incessantemente com todos aqueles que eu julgava ter combatido e matado. Mil nuances de mim mesmo, para aguentar até de manhã.

O velho então desviava o olhar. Às vezes perdia o ritmo, e sua voz se fazia estridente. Para retomar a cadência, tinha que enveredar por digressões, como a mudança climática – que lhe dava dor de cabeça – ou os grandes canteiros de obra do fascismo. Dizia que era preciso ver o lado positivo das coisas e que, apesar dos pesares, não dava para negar que Mussolini também tinha feito algo de bom para o país.

"Não fosse a obra de melhoria, por exemplo, Yo Svanvero, que nem era mesmo italiano, aliás, nunca teria plantado o seu vinhedo sobre um pântano infestado! Não concorda?"

Não dá para soltar uns tabefes num homem de oitenta anos, mas, se o deixasse continuar, ainda estaríamos ali ao amanhecer – um amanhecer intrépido e fascista, evidentemente. De modo que lhe lancei um olhar pouco amigável, a que ele reagiu com surpresa antes de retomar mansamente o fio de seu discurso.

"Yo Svanvero, que já estava estabelecido no terreno ao lado de vocês, ficou feliz ao me ver. Já não era, é claro, o homem que eu conhecera em Bordeaux; a vida na lavoura é dura, as pessoas envelhecem antes do tempo. Mas ele não perdera nada da sua verve. Tínhamos muito que contar um para o outro. Falei da França, da família que me esperava lá, da doença de minha mulher. E ele falou do meu irmão, que o acolhera de braços abertos e graças a quem pudera retomar contato com a Resistência. Yo então me contou sobre o seu enterro, bandeiras vermelhas inclusive. Não eram bandeiras do PC, eram outras, dizia. Não lembro o que eram, mas devia ser pior ainda. Yo falou principalmente da prisão, dos que ainda estavam presos. De Teodoro, sobretudo, que, depois de um caso banal de ofensa a magistrado, já não tinha direito à condicional e estava de novo na cadeia. Teodoro já cumprira três anos, a guerra era coisa do passado, até os fascistas tinham sido anistiados, por que não o deixavam em paz? Yo Svanvero estava furibundo. Além do mais, já estava quase na hora de semear, e sua mãe não ia dar conta sozinha. Sem falar que a sua irmã não tinha nem cinco anos. Yo e a mulher iam dar uma força, é claro, mas..."

Na parede, o relógio indicava dez horas. Dizia meu pai, na sua última carta, que nunca tinha dormido tão bem. Até parecia que, em vez de pôr os velhos num asilo, o melhor era mandá-los para o xilindró, único lugar em que ainda podiam apreciar a vida. Eu achava que ele escrevia essas coisas só para me agradar e o imaginava se revirando na cama, aflito com o mato que medrava até de noite e que, àquela altura, já teria invadido a entrada da casa.

Era assim que eu mais gostava dele e não entendia o porquê daquelas excentricidades todas. Não podia aceitá-las; até me pareciam, inclusive, francamente indecentes para um homem da idade dele. A um camponês cabe cultivar a terra, pelo menos a que cerca o túmulo da sua esposa. E não ir dormir na prisão feito um...

"... um pobre-diabo. Não perdoavam o seu passado... pouco patriótico, digamos, sem contar que ficava o tempo todo falando em revolução. Mas seu erro maior, segundo Yo, era ter se casado com uma mulher muito acima de seus recursos, tanto no nível físico como no financeiro. A opinião geral era que um sujeito como Teodoro devia ter ficado solteiro. Mas ele, ao contrário, casara com a moça mais bonita da região e até lhe fizera uma filha. Era uma afronta insuportável para muita gente importante do lugar."

Era estranho ouvi-lo falar assim da minha mãe. Difícil, para mim, vê-la senão com suas roupas baratas, seu lenço sempre amarrado no queixo e morta de cansaço. À noite, ao pé do fogo, quando até Deus já tinha ido dormir e o silêncio a iluminava, tinha acontecido de eu também achá-la bonita.

Mas a mulher de que o velho falava não podia ser minha mãe. Ele falava numa jovem recém-casada, cujo marido tinha sido preso antes

da semeadura. Uma lembrança que ainda ardia, a julgar pelos olhares angustiados que lançava para a garrafa fechada.
— Há uma chave de fenda na gaveta da mesa. A gente podia tentar.
Fiz que sim, pedindo que continuasse.
"Se era Yo quem estava dizendo, eu só podia acreditar. Ele conhecera mais mulheres do que Carlos Magno. Já tínhamos tomado dois copos de vinho tinto e, brincando, declarei que por uma mulher como aquela eu era capaz de lavrar um campo de cima a baixo até que brotasse ouro. No dia seguinte, ele me acordou ao amanhecer, trazendo uma enxada em cada mão, uma para mim, uma para ele. Só me restava segui-lo. Depois de lavrar a terra feito um condenado, Yo me deixou ali plantado e retornou para o seu vinhedo. Eu estava com as costas em pandarecos e com a vista embaçada. Só por milagre ainda estava vivo ao meio-dia.

"Dei com ela ao meu lado sem ter nem dado por isso. Vinha me trazer comida e contemplava, com certo espanto, o fruto de meu labor. Não disse nada, mas tive a impressão de que estava rindo. Também não falou nada enquanto almoçávamos debaixo do salgueiro. Só no final, na hora de voltar ao trabalho, foi que ela me agradeceu, enquanto pegava a enxada. Já nas primeiras enxadadas, ficou claro que os resultados seriam bem melhores do que os meus, senti um despeito tremendo. Orgulho ferido, fui até a cabana de ferramentas e, armado de uma enxada, voltei para vencer ou morrer.

"Para acompanhar o ritmo dela, precisei implorar a todos os santos do paraíso. Quinze dias depois não tinha mais pele nas mãos, nem um grama de gordura sobrando no corpo, mas não restava um único fio de grama num raio de vários quilômetros. Yo tinha conseguido as sementes, da chuva Deus cuidaria.

"À noite, jantávamos todos juntos. A mulher de Yo não era grande cozinheira, mas sabia contar piada. Quando começava, até sua mãe dava risada, apurando o ouvido para o piso de cima onde dormia a pequena. Eu me sentia bem ali. Tinha a impressão de reencontrar algo que me pertencia, um pedaço do meu passado. Mas não podia me demorar eternamente. Já me ausentara havia mais de um mês, Silvana já fora acolhida por uma instituição protestante. Paga, obviamente, mas graças à vantajosa taxa de câmbio do franco para a lira, não resultava para mim num sacrifício muito grande.

"Na véspera de minha partida, Yo organizou um jantar memorável. Para a ocasião, em vez do seu eterno vinho tinto meio pastoso, serviu um vinho branco que descia redondo. Na hora de nos despedirmos, estávamos todos meio de pileque. Com exceção de sua mãe que, acho, não bebia.

"Antes de ir deitar, fui andar um pouco lá fora. Pensando que, de repente, nunca mais voltaria àquele lugar que também tinha sido meu. Queria levar comigo uma recordação. Estava inspirando a plenos pulmões o cheiro da terra, que à noite é mais intenso, quando a vi ao meu lado. Estava dizendo que havia um problema com o lampião de gás, que não conseguia acendê-lo. E chorava..."

Quanto tempo há entre o raio e o trovão? A rolha já estava quase sacada. A ínfima parte que eu não conseguira extrair não resistiria à pressão progressiva da chave de fenda. Já podia sentir o cheio do vinho Bordeaux; olhei em volta procurando pelos copos, quando o sentido das palavras do velho explodiu em minhas têmporas e a garrafa se fez em pedaços.

Fiquei não sei quanto tempo observando o sangue escorrer devagar do meu polegar para a toalha encerada xadrez. E o sangue formar um filete e, sem se misturar, cruzar uma poça de vinho tinto antes de seguir seu caminho tortuoso. Para um cargueiro repleto de sentimentos, tanto faz um porto como outro. Ziguezaguear até o fim do sonho, não pode haver nada melhor.

Muito ereto, com o gorro do batalhão San Marco torto na cabeça, o velho parecia uma estátua para um museu do grotesco. O único sinal de vida era um imperceptível movimento dos lábios. Apurei o ouvido. Ele apenas repetia:

"E a pequena estava dormindo, estava dormindo, a pequena..."

Minha vida inteira desfilou diante dos meus olhos. Pus-me a discutir com uma pessoa que, enquanto isso, tinha entrado no meu cérebro. Essa pessoa dizia que o velho, o velho que falava com os porcos, era meu pai biológico, que o prefeito de Saint-Macaire era meu meio-irmão. Só isso, nada de mais. Dizia também algo que eu já sabia, ou seja, que eu não nascera com os documentos todos em regra. Isso Teodoro já tinha me dito: na época ele estava preso, como agora, aliás. Ele, sempre que podia, dava um pulo na prisão, um lugar tão maravilhoso, não é? E afinal, o que eu tinha a ver com isso? Se tivesse estado lá, tudo bem, até podia ter evitado o irreparável; mas, quando aconteceu, eu ainda não era nascido. Não há como, antes de ser concebido, distinguir um pai verdadeiro de um pai de passagem!

Recomecei a respirar regularmente.

Capítulo 15

Entre Langon e Bordeaux, não havia mais do que vinhedos. Um labirinto de videiras em que a mulher de Yo Svanvero teria decerto se perdido; também a sopa chegaria fria, e marisco frito não pode ter gosto de sopa; e Yo Svanvero não saberia o que gritar para ela. Yo Svanvero tinha morrido de cirrose, e não presta falar mal dos mortos. Naquele dia, ele bem que podia ter sido claro, em vez de me encher a paciência com parábolas bordelenses, bem no meio da estrada, com a minha mãe nos observando da varanda da cozinha. O segredo de polichinelo tinha dado a volta ao mundo, enquanto eu, que queria fazer picadinho do mundo, não sabia de nada.

O trem rodava a toda velocidade; os trechos entre uma estação e outra eram breves, e o comboio freava bruscamente. Desciam uns passageiros, outros subiam, e o trem retomava sua carreira como se não fosse parar nunca mais. Atrás das vidraças escurecidas de fumaça gordurosa de Gitanes[1], a paisagem desfilava num ritmo sacudido: Saint-Croix-du-Mont, Loupiac, Cadillac; uma verdadeira mania local, essa de dar nome de vinho às cidades.

Rechaçava as palavras do velho, seu sotaque rangido, me agarrando a qualquer outro pensamento. Perguntava-me, por exemplo, a quantas taças equivalia cada videira daquelas. Eu bem que podia plantar uma no cérebro, do produtor direto ao consumidor, sem traumatismos, barato ininterrupto com visão dupla garantida. E as vantagens seriam imensas porque, se como dizem os sábios, a verdade está sempre a meio caminho, então os bebuns são quem mais tem chances de se dar bem, porque é só seguir reto em frente, deixando um fantasma à direita e outro à esquerda.

Corria tanto vinho nas veias daquela região que, se desse uma hemorragia na Aquitânia, o continente ficaria mesmo inundado.

---

1. Tradicional marca francesa de cigarros. (N. T.)

Eu tinha visitado outra vez o túmulo de Silvana antes de ir para a estação. Fui lá para chorar, mas, em vez disso, caí num profundo abatimento. Seria bom me desfazer de um pouco da minha dor, mas as lágrimas não vinham. Já os pensamentos surgiam aos borbotões, junto com a tristeza. Lembrava da pergunta que ainda me devorava a alma e só ouvia a inacreditável resposta do velho: "Não sei".

Ele não sabia por que nunca contara a verdade para Silvana! Nem quando, para fugir de mim, ela tinha ido se refugiar ali, tivera a coragem de dizer que não era de fato seu pai, mas seu tio. Para nós, teria mudado tudo: se ela não achasse que eu era seu irmão, nunca teríamos nos separado, e ela ainda estaria viva.

O incesto! Carregar tantos anos um fardo desses no peito tinha acabado com ela, em corpo e em espírito. Tinha começado a beber, dissera o velho, inclinando a cabeça. Para se dar coragem. Queria resistir o mais tempo possível, por Nada, que crescia junto com seus conflitos. Quando a perdeu de vista, nada mais a prendia neste mundo.

Quando Silvana foi embora com Nada na barriga, disse que eu nunca seria um pai de verdade, e eu terminei acreditando. Mostrou-se tão convincente... Eu a xinguei naquele dia e continuava a xingar sempre que não entendia ou não sabia onde dar com a cabeça. Cheguei até a suspeitar que ela tinha colaborado com a Justiça antes de tomar chá de sumiço: para suportar sua fuga, precisei de motivos mais consistentes do que esses que ela fingira jogar na minha cara.

Eu saíra do cemitério aos prantos. Assombrado pela ideia de que, na época, se tivesse me aceitado como eu era em vez de ter vergonha dos pintinhos e da altura do meu pai, tudo teria sido diferente. Silvana e eu respirávamos o mesmo ar; podíamos ter nos cruzado na estrada branca, entre os arbustos, corrido pelo vinhedo de Yo Svanvero ou pisoteado os passos do pai. Mas o destino decidira diferente e, por uma ou outra razão, todo o mundo se calara. Ódio? De que serviria agora?

O trem corria em meio aos vinhedos e aos castelos abrasados pelo sol poente de novembro. Nariz grudado na vidraça suja, matutava sobre essa corrida sem fim. A mesma que arrastara a mim e a Silvana, e a todos que se diziam pais, mães, filhos e avós. Cada um com sua trouxa de segredos; todos enfeitiçados pela velocidade do trem; nenhum para ter a coragem de descer antes do fim da linha.

Quanto a mim, ia fazer escala em Bordeaux. Era ali que Nada se encontrava. Pessoas de Saint-Macaire tinham cruzado várias vezes com ela para os lados do bairro Saint-Michel; uma vez, inclusive, tinham tomado um vinho com ela num bar chamado Le P'tit Rouge. "Um antro de vagabundos", foi logo declarando o velho, sem nem perceber que quem estava falando era o avô e quem estava ouvindo era o pai da suposta vagabunda. Não creio que esse homem tenha tido a mente muito aberta algum dia e, de modo geral, não se melhora com a idade.

Não fora fácil fazer que ele entrasse em detalhes para que eu entendesse um pouco melhor como tínhamos chegado àquele ponto. Eu até poderia sentir algum afeto por um homem que, no limiar da morte, confessava ser meu pai; mas aquele seu jeito de manter suas distâncias – como se eu estivesse ali pedindo de herança metade da prefeitura do seu filho –, aquele jeito de se defender evitando insidiosamente toda pergunta direta só vinha alimentar a aversão que eu nutria por ele.

Eis como se apresentavam as coisas ao fim de uma penosa conversa.

O velho que – à luz de suas próprias revelações – eu deveria chamar de pai não tinha como ir a Latina com frequência e nomeara Yo Svanvero como uma espécie de tutor da sua sobrinha. Daí Silvana ter crescido achando que Yo era seu tio, e o velho, seu pai. Quando e como descobrira minha verdadeira filiação e se convencera de que éramos irmãos? Isso ainda faltava esclarecer. A hipótese de haver nisso um dedo de Yo Svanvero não era de se descartar, uma vez que ele era o único elo entre mim, Silvana e o velho. E também teria sido Yo que, pouco antes de morrer, escrevera ao velho uma carta lhe revelando que, naquele longínquo outono, nos Pântanos Pontine, ele ajudara minha mãe não só a semear o campo, mas a conceber um filho.

Eram apenas histórias. Nada não sabia, só tinham lhe contado meias-verdades, por isso ela ainda estava fugindo.

Se o parto de Silvana não tinha atrasado, Nada estava com exatos vinte e cinco anos e meio. Se tinha nascido prematura, estava com cerca de vinte e cinco anos e oito meses. O velho tinha sido meio vago quanto à data de seu nascimento. Dissera que, ao nascer a filha de Silvana, o sol estava de rachar. Disso ele lembrava porque tinha ido a pé até o hospital de Langon e chegara encharcado de suor. Mas também dissera que podia ter sido em março, porque, naquela região, as estações do ano eram meio caprichosas.

Nada nascera, portanto, e ninguém sabia exatamente quando. Não era um detalhe anódino, como tentara insinuar o senhor prefeito perguntando se eu não era, por acaso, fissurado em astrologia. Quer dizer que nunca tinham comemorado o aniversário dela, nunca tinham lhe dado um presente? E por que não existia nenhuma foto da menina?

Silvana nunca quis, eles tinham se conformado, e ponto. Era de tirar do sério até um monge tibetano. Melhor ir embora logo.

    Ao dirigir-me a pé para a estação, antes de atravessar a ponte sobre o Garonne me virei para olhar uma última vez para o vilarejo. Parecia impossível aquela meia-dúzia de pedras decrépitas ter ciosamente protegido uma parte importante da minha vida. Não estava pensando no velho – ele ter passado uma noite na cama de uma mulher sozinha não bastava para fazer dele o meu pai. Mas em Silvana, que se consumira entre aqueles muros, dera à luz e criara minha filha fazendo o melhor que podia. Até o dia em que, de manhãzinha, Nada tinha ido embora, mochila nas costas e sem dar explicações. Assim como eu agora.

    Ao chegar à outra margem do rio, tive a impressão de que Saint-Macaire dava um suspiro de alívio.

    Não havia mais videiras, o trem agora passava por entrepostos industriais. Minutos depois, Bordeaux me apareceu com seus edifícios burgueses e suas senhoras exibindo casacos de pele mesmo em pleno verão. Metade da França insistia em criticar essa cidade que, diziam com indignação, enriquecera à custa do comércio de escravos. Podia até ser verdade, mas, em se tratando de imigrantes, Paris também não era flor que se cheirasse.

    Na estação, comprei um mapa da cidade. Cruzei a esplanada e abri o mapa à mesa de um café. O garçom que me atendia tinha um sorriso que ia até as orelhas e disse que, se eu precisasse de alguma informação, ele certamente poderia me ajudar. Para me livrar dele, respondi que precisava de um explosivo. Ele, sem se abalar, me indicou uma farmácia onde poderia encontrar enxofre e potássio à vontade. "Quanto à mecha e ao detonador", fez questão de acrescentar, "dois cartuchos de chumbo grosso e um barbante dão conta do recado."

    Só me restava lhe dar uma gorjeta, antes de estudar o labirinto de vielas situadas entre o Garonne e a avenida perimetral. Um dos milhões de pontinhos pretos no mapa se chamava Nada, meu coração batia disparado. A ideia de que numa cidade grande como aquela era ínfima a chance de nos encontrarmos nem me passou pela cabeça. Já estávamos próximos demais um do outro para eu não imaginar com força o momento em que nos veríamos frente a frente.

    Fiquei ali sentado, cabisbaixo, mãos cruzadas, articulações dos dedos brancas de tensão. Ouvindo a barulheira dentro da minha cabeça.

Capítulo 16

Passei o resto da manhã e boa parte da tarde a percorrer o bairro Saint-Michel de um lado para outro, procurando o bar que Nada frequentava. Em Saint-Macaire, muitos afirmavam que era um lugar pouco recomendável, mas ninguém soubera me indicar em que rua ficava. Perguntei para dezenas de transeuntes, comerciantes e até para uns jovens vagabundos, como diria o velho. Ninguém nunca tinha ouvido falar no P'tit Rouge. Já com os pés em brasa e o estômago vazio, julguei finalmente encontrar meu salvador na pessoa de um vendedor ambulante de *keffiyehs*[1] autografados pelo próprio Arafat, Alá era testemunha. A ilusão durou pouco:

– Le P'tit Rouge... mas é claro! O senhor vai de carro ou de trem? A saída para Toulouse é meio complicada, e com as obras da nova linha de bonde não dá mais para circular por Bordeaux.

Pela primeira vez desde que se concretizara a existência de Nada, senti no peito a dor lancinante do vazio. Fui me sentar na escadaria da catedral e esperei passar.

Tentei lutar contra uma sensação de desânimo que absorvia rapidamente o ruído do trânsito. Fiquei ali parado em minha incredulidade, olhar mergulhado num mundo distante que era o cenário das cenas cômicas desfilando diante dos meus olhos. Era como se todas as personagens que tinham povoado minha vida surgissem muito oportunamente do passado para mostrá-lo em seu aspecto mais caricatural. Enquanto na prisão certas pessoas dormiam o sono dos justos. A diferença entre mim e meu pai – quer dizer, o único que no fim das contas eu podia chamar de pai –, era que ele sempre acharia alguém para ouvir suas histórias, ao passo que eu nem conseguia acreditar nas minhas.

Desisti da ideia de voltar a Saint-Macaire e obrigar alguém a falar, eventualmente sob tortura. Levantei-me. Se esse bar existia, haveria de encontrá-lo.

---

1. Pano que os homens do Oriente Médio usam na cabeça. (N. T.)

Resolvi, desta feita, percorrer uma por uma todas as vielas que não indicavam, à primeira vista, a presença de qualquer comércio. Assim é que me vi explorando uma parte da cidade que nada tinha de burguesa.

Ruas truncadas de calçamento disjuntado serpenteavam entre fachadas escuras de prédios em cujo subsolo – para minha imensa surpresa – lojas ofereciam mercadorias de todo tipo. No ponto de escoamento das goteiras não raro se espraiava uma mancha esverdeada que deixava o piso escorregadio. À medida que me embrenhava naquele labirinto, o qual os raios do sol só raramente alcançavam, tive a sensação, cada vez mais nítida, de estar no caminho certo. Avançava passo a passo, atraído pelo coração da cidade. O coração vivo da Bordeaux que pulsa, não aquele que se expõe ricamente nas vitrines das avenidas. Súbito, como por magia, aquelas ruas que eu julgara desertas se tornavam palco de mil atividades. À porta das lojas, os comerciantes conversavam entre si, trocando gestos e palavras entre um lado e outro da rua.

– Le P'tit Rouge fica ali, meu senhor, bem na sua frente.

O quitandeiro a quem me dirigira apontava para uma cortina de ferro fechada, bem ao lado dos seus sacos de arroz. Procurei o letreiro. Havia um, de fato, mas muito alto para ser notado, e mal se adivinhava o nome do café. Olhei as horas, passava das cinco; o homem à minha frente coçava a barba, sorrindo.

– Eles só abrem à noite, ao contrário das igrejas.

Falou em alto e bom som, para os seus colegas rirem junto com ele. Mas deve ter percebido algo ameaçador na minha expressão, pois acrescentou depressa:

– Eles devem abrir daqui a pouco. São jovens, é bom haver lugares assim: traz vida nova ao bairro. Não é mesmo, Ibrahim?

Outra risada.

– Lugares assim... como?

– Como esses que eu frequentava quando era jovem.

Olhei para o homem. Tinha as têmporas grisalhas e umas rugas sulcando sua testa. Mais ou menos minha idade. Foi quando percebi que eu já não frequentava lugares desse tipo. Envelhecer devia ser isso. Perguntei, só para tatear o terreno:

– Eles hoje não o deixariam entrar?

O homem me fitou como se aquela fosse uma pergunta muito séria, parecendo surpreso por não ter pensado nisso antes. Quando se sentiu seguro de si, balançou a cabeça:

– Mas estou aqui, na distância certa. Turista?

Assenti. Na parede, junto à cortina de ferro, alguém tinha grafitado: "bar de veados!".

No caminho, eu tinha visto um largo espremido entre uns prédios de pedra; uns degraus convidavam o transeunte a sentar. Dei a mim uma hora, o tempo de ver chegarem os primeiros clientes do café.
Sentiam-se odores de cozinha e aromas de especiarias que se fundiam num só cheiro, um cheiro agradável às narinas de todos os povos.
A seguridade social. Eu tinha perdido um tempo danado fazendo fila para obter um número de seguro social. Uma fixação. Teria sido melhor me dedicar à culinária, como todo mundo. Nós somos o que comemos. Eu comia pouco e mal, engolia os alimentos como quem toma remédio. Independentemente do sangue que me corria nas veias, era um péssimo hábito herdado de meu pai. Mas um hábito limitado aos períodos de grande tensão. Quando indeferiam seu pedido de aposentadoria, por exemplo, meu pai nem vinha sentar-se à mesa. E agora optara pela prisão: não haveria mais pedidos endereçados ao ministério, e ele passava o dia inteiro sentado a ruminar.
Mais meia hora.
Em menos de meia hora, Silvana me riscara do seu destino. Um encontro rápido, umas poucas palavras e uns olhares de reprovação para o meu cinto, onde achava que eu tinha enfiado o revólver, bastaram-lhe para transformar, a mim e ao nosso futuro filho, numa família repleta de fantasmas. Sem direito a resposta. Assim era Silvana. Na primeira vez, ela é quem me fizera amor. Estávamos fumando e, de repente, ela me arrancara o baseado da boca. Jogando o bagulho longe, me puxou para junto dela. Não estávamos sozinhos. Antes de eu dar um "ai", ela já tinha aberto meu fecho. Quando os outros saíram da sala zoando, eu já estava a ponto de ejacular.
Dez minutos.
O fato de ela ter morrido não impedia que eu me excitasse com essas lembranças. Cada vez que pensava nisso, tinha que lutar contra a vontade de me masturbar, e, sempre que possível, cedia. Eram minhas punhetadas mais rápidas e grandiosas, disso eu sabia há muitos anos. Dessas de que nunca se perde o hábito. O ciúme que eu sentira também continuava intacto. Havia Ugo, com cara de boboca e rabo de cavalo, sempre saracoteando em volta dela. Caras de rabo de cavalo sempre me pareceram meio idiotas. Alguns animais, aliás, usam rabo de cavalo.
Estava na hora.

Eu mal tinha entrado no P'tit Rouge quando me ocorreu, pela primeira vez, que Nada podia não estar ali. Tinham me dito que ela frequentava aquele café, e não que morava ali. Hesitei: abrir caminho entre a multidão amontoada no balcão até a salinha que se avistava ao fundo ou sair para pensar melhor? Estava, francamente, um tanto decepcionado; esperava algo mais extravagante, como dera a entender o quitandeiro. Era um bar como outro qualquer, só que mais barulhento. Alguns clientes tinham cabelo grisalho, mas todos os outros podiam ser seus filhos naturais, e não só pela idade. O ambiente, à primeira vista, não era desagradável. Em outras circunstâncias, eu decerto teria apreciado.

Paralisou-me uma trança morena serpenteando nas costas de uma garota. No instante seguinte, eu me xinguei de babaca. Não conseguia enfiar na cabeça que não estava procurando Silvana, e sim uma mulher de vinte e cinco anos e meio (e oito meses, se tivesse nascido prematura), uma mulher que crescera num mundo próprio, em que as tranças talvez fossem proibidas. Evitei o olhar do barman, temendo estar sem voz para fazer um pedido. Medo ou angústia? Me pareceu tão importante identificar o que era que considerei a hipótese de sair para pensar no assunto e só retornar mais tarde. Mais bem preparado. Para rir com eles, conversar um pouco. Nada. Seu babaca. Achar que um pai e uma filha devem inevitavelmente se encontrar, pelo menos uma vez na vida, é uma ideia idiota.

Dei comigo na extremidade do balcão. Havia uma cadeira e um canto de mesa vagos. Reparei que a maioria dos clientes tomava vinho. Pedi uma garrafa de tinto.

Tomei dois copos, um atrás do outro. O barman me encarava; sorria, bebericando o vinho servido aos clientes. Eu já estava vendo tudo mais claro. E havia a música. Um rock progressivo do final dos anos 70. Já estava me sentindo melhor, até meus ouvidos tinham se destapado.

Escutei atentamente. Tinha esquecido o nome da banda, algo inadmissível.

As paredes eram cobertas de cartazes de cunho político. Havia cartazes de todas as épocas, que diferiam mais na qualidade do papel do que no conteúdo, sempre idêntico. Alguns destacavam a HQ de autor, outros se limitavam a reproduzir gritos de contestação. Os slogans diziam todos mais ou menos a mesma coisa, só que em diferentes estilos e linguagens. Como se todas as paredes do mundo tivessem marcado encontro no P'tit Rouge, galeria da rebelião. Se era uma exposição coletiva, também eu tinha algo a anunciar. Pus-me então a elaborar palavras de ordem, uma mais idiota do que a outra, que eu ia jogando no meio do bolo e se adequavam à perfeição. Usava letras pretas e vermelhas – transversais –, cacetadas nas gengivas, merda, suor e esperma, medo, música. A usina da vida.

O nome da banda de rock estava na ponta da língua. Coisa mais irritante.

Um casal começou a dançar. À primeira vista, o sujeito parecia afeminado, ao passo que a moça era obviamente obesa. Tinham aberto um espaço junto à entrada e saracoteavam laboriosamente em meio à indiferença geral. Dançavam se olhando nos olhos, rosto projetado à frente, um para o outro. Falavam uma mesma língua selvagem. Pareciam duas máscaras, dois rostos de mulher prestes a se jogarem sobre o menor sinal de vida. E eu, protegido por meu canto de mesa, estremecendo como um voyeur.

Segurei o copo com força.

Queria lembrar o nome do disco antes do fim da música. Já não era simples questão de orgulho, precisava de argumentos para me integrar ao ambiente. Criar finalmente coragem para olhar para um por um daqueles rostos sem me arriscar a outra paralisia. Quanto vinho ainda teria de tomar?

Lembrava um pouco Pink Floyd, mas Pink Floyd nunca tinha feito nada parecido. Ou talvez sim. Enquanto eu fugia, eles decerto tinham continuado a produzir. Nesse meio-tempo talvez tivessem, por sua vez, constituído família. Os filhos crescem. E então, um belo dia, um membro da banda morre de câncer. Era só o que o filho do baterista esperava para entrar no lugar dele. Tocava quase igual a ele, com um quê de mistério no fundo de cada acorde. As pessoas gostaram, e a banda foi em frente. Até o dia em que mudou o nome para Eurythmics. Por que não? O que eu sabia, no fundo, do Pink Floyd?

– Ora, deixe de asneira!

Era uma moreninha quatro-olhos de cabelo curto, falando com uma moça careca sentada à sua frente. Nos separavam dois sujeitos bebendo em silêncio.

A garota careca não retrucou. A moreninha insistiu:

– O Gegê está precisando é de sexo.

– Sua obcecada!

– Não tenho culpa se as coisas sempre acabam nisso.

— Pois experimente dar uma chupadinha nele, quem sabe ele melhora.
— Por acaso está a fim dele?
— A fim desse porre?
— Não é um porre, ele só é tímido.
— Parece que você o conhece muito bem — disse a careca, com uma pitada de maldade na voz.
— Vamos, pode dizer, numa boa.
— Pois, olhe, não faça cerimônias, se está querendo dar um trato nele, vá em frente e depois passa pra mim.
— Você está falando que nem puta...
— Só não tenho cafetão...
— Não interessa.
— Mas é melhor do que ser frígida.
A moreninha de óculos ficou pálida. Uma fração de segundo. Só notei porque observava discretamente as duas. A careca, concentrada na discussão, continuou:
— Você provocou.
— Não interessa. Foi o Gegê quem te disse isso. Não negue, sua sacana, está escrito na sua cara.
— E eu é que sou sacana? Um cara sai da sua cama todo angustiado, se perguntando se é mesmo homem... Podia ficar com um trauma irreversível, sabia?
— Mas que cara de pau, você!
— Melhor isso do que nada... Ei, não se vire, Gegê está olhando para cá. Parece nervoso.
A morena não resistiu e se virou.
— Verdade que ele tem cara de pastel. Como é que você conseguiu gozar com um cara desses?
— Fiquei pensando no Loris. Às vezes funciona pensar em outro cara.
— Loris?
— O cara dos computadores: como evitar que interceptem seus e-mails! Não vai dizer que esqueceu...
— Ele também?
— Como assim, também? Foi o primeiro cara que me fez gozar.
A morena caiu na gargalhada.
A careca:
— Está rindo porque não sabe o que perdeu!

– Essa foi demais, puta merda. Sabe o que o Loris me disse uma noite dessas?
– Que eu sou uma sacana, imagino.
– Não. Que, quando trepava com você, estava pensando em mim.

Os rapazes, que até então bebiam em silêncio, passaram a prestar atenção na conversa. Morena e careca, em simultâneo, xingaram uma à outra de "ecochata de direita" e caíram na gargalhada.

Me deu uma vontade louca de rir também, mas não me atrevia a demonstrar. Não tinha certeza de ter entendido. Com que cara eu ia ficar se uma das duas fosse Nada? Tentei olhar de novo para elas, vi que não conseguia. Se uma delas fosse Nada, não dava para me deter nos seus seios. Era óbvio.

Perguntei-me se alguma vez Nada tinha aparecido naquele lugar.

Não que eu tivesse alguma coisa contra o boteco, pelo contrário. Em outras circunstâncias... Mas, mesmo com muito esforço, era difícil a transição entre o ventre levemente arredondado de Silvana e uma pessoa adulta, livre para adotar a linguagem que quisesse.

Por quê? O que havia de errado com aquela linguagem? O fato de não dar novo parágrafo sempre que passava da realidade para a ficção? Grande coisa! Meu pai fazia o mesmo. Principalmente quando vinha nos visitar um irmão de minha mãe, que tinha virado testemunha de Jeová. Sendo então inevitável falar em Deus, meu pai driblava as armadilhas deixando-se amplamente levar pela imaginação. Era difícil, para o tal tio, acompanhá-lo nesse terreno. Meu pai podia então afirmar qualquer coisa e seu contrário, de modo que nada mais contava realmente. Apareciam muitas vezes, em suas histórias, figuras divinas cometendo atos impuros. E em suas descrições não havia ponto e novo parágrafo.

"Meu Deus, você fala igual a um mercenário!", dizia então meu tio, todo vermelho. E até minha mãe, que nunca brincava com os santos, era obrigada a conter um acesso de riso.

Eu suspeitava, contudo, que aqueles não eram modos de falar, mesmo para um pai. Até tentei, na época, perguntar para os conhecidos. Discretamente, só para ver se entre os meus amigos havia um cujo pai... Mas tive que me conformar, eu era o único a ter esse privilégio.

A música tinha cessado. A conversa, na minha mesa, passara de sexo para desratização do território. O assunto me pareceu estranho, mas ninguém estava achando graça. Quando finalmente entendi que se referiam à excessiva presença da polícia no bairro, perceberam meu interesse e foram se calando. Então me passaram em revista, uns bocejando, outros coçando a nuca.

Também eu os fitava, estupefato, como se aquelas caras de pastel tivessem me flagrado emergindo de um sono profundo. Sentia crescer em mim uma sensação de calor. Como a carícia de uma cumplicidade redescoberta de repente, como a intrusão de um companheiro aparecendo em sonhos. Afastei instintivamente meu copo.

O sujeito que dançava com a garota obesa veio, por sua vez, sentar-se à minha mesa. Encaixou à força meia nádega na banqueta e tratou de empurrar a moreninha para o lado. Puxei meu copo para mim. Ele, assim que sentou, apanhou um maço de cigarros, pegou um e o pôs entre os lábios. Isqueiro. Gestos ligeiros, dedos finos e ágeis.

Notava-se que a conversa não era do seu agrado. Contemplava ostensivamente os pingos que se condensavam no teto. Tinha cabelo preto curto, repartido à direita. Nenhum fio fora do lugar. Lembrava-me um toureador que eu tinha conhecido em Guadalajara, no México. Um rapaz cheio de talento, que já dava o que falar na Espanha e teria se tornado alguém se sua homossexualidade não fosse conhecida. Nas arenas, não se brinca com picuinha.

Seu semblante se alterava. A conversa realmente o incomodava.

– Todo mundo sabe que só dá bons conselhos quem não pode dar mau exemplo[2].

Foi exatamente isso que ele declarou, sem nem sequer se virar. Num tom seco, mas sem agressividade nenhuma. Uma voz feminina: era uma mulher.

Censurei-me por não ter percebido logo. Incurável instinto machista.

– Que tal se dignar a explicar aos pobres mortais, para eles entenderem...

Fora um dos ex-bebedores quietos que provocara sua reação. A maioria das pessoas suspirava de tédio; a garota careca escarnecia.

Vaivém ininterrupto de rostos sempre distintos. Muitos paravam na nossa mesa. Um gole de vinho, umas poucas palavras, e seguiam caminho de copo na mão.

– Não ia adiantar – foi a resposta.

---

2. Citação extraída de "Bocca di Rosa", famosa música italiana de Fabrizio De André.

Perfil regular, boca bem desenhada, uma leve sombra de crueldade no semblante preocupado. Em seu olhar, uma centelha de superioridade; olhos imóveis, bem abertos, como se estivessem diante de algo inconcebível. Como é que eu a tinha confundido com um garoto?

– Nesse caso, melhor ficar quieta! – retrucou o outro, irritado.

Antes de responder, trocou um olhar de cumplicidade com a careca.

– Depende das besteiras que você fala. Você daria um ótimo liderzinho de esquerda. Devia pensar no assunto, em vez de perder tempo com conversa fiada.

– Escutem só essa babaca, alguém aqui já a viu em alguma manifestação? Não, porque a madame tem horror a manifestação!

– Verdade, e daí?

– E daí nada, foi você quem provocou.

A careca interveio.

– Calma, gato, foi você quem começou, dizendo que a violência faz o jogo do poder.

– E não faz? Sempre que estamos quase fazendo com que as pessoas entendam, vêm os enfrentamentos, os atentados fajutos, tudo de novo, e continuamos na merda. Os Black Blocs somem no ar. E daí?

– Você nunca pensou em se masturbar antes de sair de casa? Tonifica o cérebro e ajuda a pensar – diagnosticou a moreninha.

Eu bebia cada palavra, à espreita dos nomes. Perto de mim, muito sério, um sujeito rabiscava num guardanapo de papel. Tinha arrancado cheio de energia, mas, na terceira linha, a inspiração pareceu falhar. Lançou-me um olhar de esguelha, como se a culpa fosse minha.

Eu me desculpei bobamente com um sorriso. Ele amassou o guardanapo e, frustrado, jogou-o no cinzeiro. Voltei novamente meu olhar para as garotas.

– Muito bem, babacão! Você, com esses discursos furados, entrega para o Estado o monopólio da violência. Não é o que eles sempre quiseram?

A careca e a morena cuidavam do ex-bebedor quieto. A outra, a que eu tinha confundido com um homem, desenhava na mesa com o dedo. Parecia meio alta.

– Desculpe.

Virei-me. O garoto do guardanapo estava com o indicador apontado para a têmpora e uma pergunta na ponta da língua.

— Estava aqui me perguntando... Desculpe se estou sendo chato, mas preciso mesmo saber qual é a sua ocupação. Explico. A gente às vezes vê uma pessoa e fica pensando: qual será a ocupação desse idiota? Marceneiro, policial, professor... Prestando bem atenção, há sempre um indício revelador. Aquele cara ali, por exemplo, o que não para de assoprar a brasa do cigarro, está vendo?

Eu não estava vendo, mas fiz que sim com a cabeça.

— Não me surpreenderia que ele fosse guitarrista. Que assopra a cinza antes de prender o cigarro entre as cordas. Muitos músicos têm essa mania.

Expressei minha admiração.

— Eu não erro uma, pergunte para quem quiser. Com exceção de você. Estou te observando desde que chegou e já te vi mudar mil vezes de profissão. Não vou permitir que destrua a minha reputação.

Tom caricatural, cavanhaque no queixo, cara de quem sabe muito.

Ergui meu copo à saúde dele e o incitei a não desanimar, fiz um sinal apontando para a minha garrafa.

Ele fez que jogava a luva num gesto de desafio e ficou matutando.

— Guia de excursões turísticas — respondeu quase em seguida. — Você bebe como quem acaba de voltar penosamente para o hotel com suas ovelhas. Não, espere! Livreiro na Fnac; algo me diz que você está retomando o gosto pela vida.

Pensou um pouco a respeito e continuou:

— Você pode, inclusive, ser um fiscal da Receita em licença-paternidade pelo nascimento, nem tão desejado, do seu terceiro filho homem. Nada melhor do que um pequeno mergulho no passado, Le P'tit Rouge está aí para isso; você tem astral de nostalgia. Não, já entendi, não diga nada. Seu problema é não saber relaxar, ninguém nunca lhe disse isso?

Já sei! Brilhante gerente de estoque com aposentadoria antecipada para dar lugar aos computadores; essa você não engoliu, ainda está mordendo a parte de dentro dos lábios. Está escrito.

Pegou de volta o guardanapo do cinzeiro, desamassou-o com cuidado e me entregou.

Li: "A História é o lugar em que a vida se aposenta". Duas linhas inteiras estavam rasuradas.

Interroguei-o com o olhar.

— Italiano? — ele inquiriu.

Assenti.

— Anos 70?

Permaneci impassível.

— Sei de uns dois ou três caras como você que se estabeleceram na região. Mas nunca aparecem por aqui.

Fez uma careta, antes de prosseguir em tom de troça:

— Não acredito! Está achando que eu sou tira! O que você tem para esconder? Ora, me conte, morro de vontade de virar delegado.

Percebeu que estava exagerando e me estendeu a mão.

Quando disse que se chamava Gegê, voltei instintivamente o olhar para a morena e para a careca, que conversavam com o não violento, o qual começara a agitar os punhos. A garota que lembrava um toureiro mexicano estava com os pés em cima da mesa e assistia à cena com uma ponta de nojo.

— Você os conhece?

Havia aflição em sua pergunta. Respondi que não, o que pareceu deixá-lo mais tranquilo. Mas o astral tinha mudado. Era o momento ideal para ele me levar a sério.

Segundo ele, sentia-se em casa naquele café. Assim, mesmo que não conhecesse Nada pessoalmente, sempre poderia me pôr na pista certa. Uma manobra que, dado o ambiente, exigia certo tato. E no fundo do meu copo é que eu não ia achar as palavras certas para obter a resposta esperada.

No fundo do bolso da calça, então! À tarde, querendo assoar o nariz, tinha topado com a meia velha apanhada no quarto de Nada. A meia falaria por mim.

Tirei-a do bolso e a coloquei sobre a mesa. Freud bem à mostra, com seu laço borboleta roxo.

Gegê esticou o pescoço, pensando em qual seria a pegadinha.

Não sei se era o vinho que tinha desatado minha língua, ou se eu simplesmente tinha superado meu medo, mas quis, de repente, ouvir o som de minha própria voz.

— Essa é a meia direita. Acho importante você saber.

— Qual é a diferença?

— O laço borboleta, na meia esquerda, fica virado para dentro.

— Pois é. É mais lógico à direita.

— E à esquerda, a meia esquerda.

— Um raciocínio irrefutável — reconheceu Gegê.

— O problema das meias é que elas perdem o par fácil, fácil.

— Isso é fatal. Quando se tira a roupa da máquina, está sempre faltando uma.

E, aproveitando o embalo:

— Você nunca se perguntou para onde é que elas vão?

— Chego a perder o sono.

Aquece a alma saber que, aonde quer que vamos, nunca estamos sozinhos. Gegê não só identificara, sem hesitar, a existência de um drama comum como tinha plena consciência dele. Daria um excelente interlocutor para debater os Caçadores de Meias Sem Par. Mas isso já era outra história.

— E eu não sei? Um autêntico mistério! Quando por milagre acabo encontrando uma, é a glória.

— É bem isso.

— E, quando se quer agradar um amigo, nada como encontrar uma meia dele perdida.

— É demais, cara, principalmente quando a meia pródiga é do pé esquerdo.

— E quando se chama Nada.

Silêncio.

— Vinte e cinco anos e meio. De Saint-Macaire. Isso te diz alguma coisa?

Neca: era mais ou menos o que se lia em seu rosto. Mas eu não ia soltar o osso sem ele me convencer de que eu estava perdendo meu tempo. Teriam que me carregar para me pôr dali para fora. E, mesmo que pusessem, eu voltaria.

— Já faz um tempinho que você frequenta esse lugar. Sabe até a profissão das pessoas...

Percebi que estava balançando a meia na cara dele e me senti ridículo. Ouviu-se um estrondo de copos quebrados no fundo da sala. Alguém tinha esbarrado numa bandeja bem carregada, as pessoas riam. Gegê parecia alheio.

Aticei:

— Estaria me fazendo um favor e tanto.

Seu semblante se reanimou de repente. E não pelo que eu tinha dito.

Apontando para meia, que eu tinha enrolado feito um charuto, declarou:

— Você disse vinte e cinco anos, mas a companheirinha dona dessa meia não calça mais que um 30 infantil!

— Essa meia vem de longe.
— Ah.
Uma breve pausa.
— Porque a Nada que eu conheço, assim, chutando, calça no mínimo 36.
Ele a conhecia. Já não era apenas a personagem de uma história, um delírio de Saint-Macaire. Gegê a tinha visto: tinha vinte e cinco anos e alguma coisa e se chamava Nada. Ele decerto já tinha ouvido falar dela, conhecia a sua voz, tinha até escrito sua profissão num guardanapo de papel; tinha se enganado, como sempre, ser atrapalhado era a técnica dele para ser simpático, as garotas sempre acabavam caindo. Quer dizer, nem todas.
— Você a conhece bem?
— Você é o pai dela?
Não respondi.
— Em todo caso, se comporta como se fosse.
— Quer dizer que eu tenho cara de pai repressor?
— Eu não chegaria a tanto, mas não ia gostar de te ter como sogro.
— Não se preocupe. Você a vê com frequência?
— É inevitável.
— ...?
— Ela está em todo lugar e chama a atenção.
Tentei manter a calma, ainda não tinha nada de concreto na mão.
— Ela chama a atenção só por chamar ou...?
— As duas coisas. A gente sempre acaba representando seu próprio papel, não é?
Eu estava ficando em pânico.
— Você fez o truque do guardanapo para ela?
— Parece óbvio.
— E aí?
— E aí o quê?
— Conseguiu adivinhar a profissão?
— Estava escrito na cara dela.
— Fácil demais para você. E qual era?
— Primeiro, fale a sua.
Tentei achar uma saída, mas, pelo tom de voz dele, sabia que não tinha escapatória. Quando eu deixava de ser invisível, sempre me via em situações desse tipo. Nunca sabia por onde começar.

Comecei por Fausto. Não fosse ele me dar o cartão de falecimento, nunca que eu teria ido parar naquele lugar.

Desencontrado no caos da minha memória, acabei, como sempre, contando a minha vida. Ele não me interrompeu nenhuma vez. Terminei, pensando em que aspecto teriam os primeiros sintomas da mitomania. E ele continuava calado.

A gente fica se sentindo meio bobo depois que põe tudo para fora. Pensei em ir embora. Estava farto daquelas histórias todas.

Gegê tinha se servido da minha garrafa e bebericava o seu vinho. Largou o copo na mesa e me apontou o dedo outra vez.

– Na sua opinião, só o que Nada quer da vida é ter um pai como você?

– Onde ela está?

Em vez de responder, Gegê encheu meu copo até a borda e estendeu para mim.

– Primeiro beba.

Esperou eu esvaziar o copo até a última gota. Depois, tornou a pegar o guardanapo, dobrou-o oito vezes e o enfiou no bolso da minha camisa. "Fica de lembrança", disse. Então filou um cigarro do barman. E pediu fogo a Nada, berrando seu nome em meio à algazarra.

Virei-me bruscamente e meu pescoço estalou qual parafuso enferrujado.

Vi a mão correr pela mesa, dedos finos e pálidos segurando um isqueiro, o braço suspenso no gesto de lançar o objeto. Depois vi as meias pretas e bicudas se retirando cautelosamente da mesa, seus olhos de toureador grudados em Gegê. Se me apunhalassem ali mesmo, não sairia uma gota de sangue.

Vi seus lábios se moverem; ela fazia um gesto indicando que o isqueiro não funcionava, dava de ombros, mexia o cabelo com a ponta dos dedos, cochichava ao ouvido da careca e me lançava olhares desconfiados.

Ao contato da mão de Gegê no meu ombro, afastei-me bruscamente.

– Tem a ver?

Eu não sabia o que teria a ver com quê. Que pergunta era aquela? Senti a raiva subindo qual maré gelada. Afastei a garrafa. Nenhum vinho ia aplacar minha fúria.

– Se o que me disse é verdade, sua filha é ela. Para ser sincero, não me surpreende, vocês dois têm o gene da loucura em comum.

Tivesse Gegê, naquele momento, percebido meu estado de espírito, teria se expressado de outra forma. Eu me obriguei a respirar fundo, antes de comentar em voz firme que milhões de garotas gostavam de se vestir que nem homem e que ninguém tinha nada com isso.

– Só falei por falar – disse ele, mudando o tom. – E agora, o que pretende fazer?

Gegê ainda segurava o cigarro apagado entre os dedos. Peguei a caixa de fósforos suecos do meu vizinho e risquei um.

– Obrigado, não fumo – disse ele.

Achei estranho Nada não saber disso, já que eram amigos. Virei-me e olhei um instante para ela. Ela fingia a indiferença do caçador prestes a atirar.

Guardei a meia no bolso. Desta vez, quem apontou o dedo fui eu:

– Quer apostar que esse isqueiro vai funcionar de primeira?

Os olhos de Gegê brilharam como se já tivesse ganhado a aposta.

– É tão raro encontrar um legítimo caçador de meias...

Eu realmente não lembrava ter mencionado esse assunto. Ele prosseguiu:

– A vantagem, para um pai e uma filha que não se conhecem, é os dois terem idade para escolher se querem continuar sendo estrangeiros um para o outro! Imagine, é como se a gente nascesse sem pai e sem filhos, com a possibilidade, para as duas partes, de aceitar ou recusar um ao outro, vinte e cinco anos depois. Sem nenhuma obrigação. Um encontro com igualdade de armas! Merece ser assistido da primeira fileira da plateia!

Me veio a imagem de dois boxeadores, primeiro encontro, obrigados a se soquearem para Gegê poder aplaudir. Uma cena quase cômica: eu e Nada no ringue, tremendo de medo. Medo de perder o que nunca tínhamos tido. Não tinha o menor sentido, só podia acabar num acesso de riso.

– Ué, está rindo do quê?

Não respondi, ele também estava rindo.

Contrariamente ao que achavam as garotas, Gegê não era tão bobo assim.

Capítulo 17

Cadeira equilibrada em dois pés e as pernas esticadas sob a mesa. Nada observava atentamente os pingos de piche condensados no teto. Eu a fitava, não havia nada nela que lembrasse sua mãe. A não ser, talvez, umas faíscas raivosas brilhando em seus olhos, como nos de Silvana, quando se deparava com um imbecil. Ela às vezes mordiscava a parte de dentro do lábio inferior. Um cacoete que eu também tinha, tanto que, olhando para ela, precisei reprimir o impulso de imitá-la. Seria um erro: todo comedor de pele morta sabe como é desagradável ver os outros fazendo o mesmo.

Eu tinha me achado capaz de ir até um bar recuperar a minha filha. Só um pai desconhecido para ter uma ideia dessas.

Gegê foi quem fez sinal para ela vir sentar com a gente. O barman acabava de abrir outra garrafa. Ela estendeu o copo antes de, indolente, arredar a cadeira. Meu nome não lhe despertou nenhum interesse. Eu já esperava por isso; nós nunca gravávamos o nome das pessoas. Já estava pensando nos genes da família. Precisava cuidar para não me sentir ainda mais estúpido. Por sorte, o volume ensurdecedor da música não estimulava a conversa.

Uma mecha do seu cabelo preto teimava em sair do lugar e Nada, vez ou outra, tentava grudá-la na camada de gel que sustentava seu penteado. Mas fazia isso sem grande convicção e a mecha, como uma ameaça, tornava a cair verticalmente na testa. Gegê me espiava, e eu espiava Nada. Seus gestos, a fumaça do seu cigarro, o batimento de suas pálpebras, os tantos movimentos imperceptíveis que atiçam a imaginação. Nada, pirata de vinte e cinco anos bem contados, forçada a se vestir de homem para melhor se impor à sua chusma de flibusteiros. Nem existe, aliás, um masculino para Nada, a não ser que se inverta o sentido. *Nada*, nesse caso, vira *Tudo*, e soa mais ou menos assim: o terrível Tudo tramou e perpetrou isso e aquilo... Não tinha graça nenhuma.

Ela simplesmente chegara de lugar nenhum e todos começaram a chamá-la de Nada. Não havia nome mais adequado para a filha de um desconhecido. Evocava aventuras exóticas. A Nada que atuava lá para os lados de Bordeaux. Num oceano cujas águas não me eram desconhecidas de todo. Estavam no fundo dos olhos de Silvana quando desembestava a falar de horizontes infindos, terras prometidas... Espumas brancas em rochedos lisos que nada tinham a ver com os do Mediterrâneo.

Balelas. Histórias para contar à noite, ao pé do fogo, depois de todo mundo chegar são e salvo em casa. Era a especialidade do meu pai. Enquanto havia quem o escutasse, evidentemente. Mais tarde, quando nos espinheiros até as galinhas ficaram surdas, só lhe restou a prisão para acabar com a insônia. Cada louco com seu teto. Nada tinha esse, enfumaçado, do P'tit Rouge. Olhava para ele contando para si mesma histórias a que eu jamais teria acesso. Suas próprias histórias.

A meia com a imagem de Freud começou a queimar no meu bolso. Livrei-me dela discretamente e imediatamente me senti melhor.

Pedi então mais uma garrafa e ofereci uma rodada geral. Minha mão tremia de leve, mas ninguém reparou. Gegê fingia prestar atenção em outra coisa, a moreninha e a careca pareciam vagamente irritadas, Nada mudou de posição. Dava agora para eu ler a palavra "Air" nas solas de seus sapatos reluzentes. Fiquei pensando se seria algum recado.

Não havia mais copos para encher. Só faltava eu falar alguma coisa. As primeiras palavras têm a máxima importância, momento em que um pai põe sua reputação em jogo.

— Me disseram que chovia o tempo todo por aqui, mas até que não...

Gegê coçou a orelha.

Minha voz soava estridente e meu papo, lamentável. Me enchi de coragem:

— Enfim, quer dizer, desde que cheguei a Saint-Macaire não choveu uma única gota. Isso é normal?

— Você quer virar meteorologista?

Nada falara sem nem sequer mover os olhos. Estava molhando o dedo com saliva para esfregar energicamente a ponta do sapato, o qual não apresentava, por sinal, nenhum sinal de poeira. Eu não sabia no que me agarrar para tentar não responder uma idiotice. Articulei, por fim:

— Já é uma ideia...

Eu imaginara que, mencionando Saint-Macaire assim, como quem não quer nada, despertaria sua curiosidade. Às cinco para as cinco da tarde, porém, um jovem matador mexicano seria mais expressivo do que ela.

Num gesto calculado, ou não, Gegê entornou bruscamente o copo. A vontade de lhe dar um sopapo deve ter transparecido em meu rosto.

O vinho logo se espalhou pela mesa. Mais especificamente na direção de Nada, que depressa protegeu os sapatos, sem ver que duas gotas encarnadas tomavam um atalho para ir manchar sua jeans colada. Reagiu como se a culpa pelo estrago fosse minha:

– Quem não sabe beber devia ficar no chá – disse, sacudindo os dedos pálidos para mim.

Não fosse eu desconfiar de tanta birita que já me impregnava, poderia jurar que era Silvana quem estava à minha frente. Cuspida e escarrada. Para tudo que acontecia, ela sempre dava um jeito de pôr a culpa em mim. E depois ainda dizia que quem fazia isso era eu.

– Está olhando o quê? Quer me pagar uma calça nova?

– É uma ideia.

– É só o que você sabe dizer?

Eu estava ficando repetitivo. Sempre que Nada abria a boca, o que ela dizia parecia uma boa ideia. Ela estava cética, obviamente. Qualquer um, no seu lugar, ia achar que eu estava tirando com a sua cara.

Faces vermelhas e olhar mortífero, Nada me observava fixamente.

Não sei o que me deu. Um demônio deve ter se apossado dos meus poucos neurônios ainda ativos. O pontapé partiu. Rápido e seco, direto na canela de Nada.

Quis me desculpar, inventar qualquer coisa, mas só me vinham palavras estúpidas como o gesto que eu cometera. Nada olhava em volta, parecendo não entender. Por que não reagia?

Curiosamente, a moreninha de óculos, que deixara o ex-bebedor quieto com a careca e se juntara a nós, começou a morder com força o punho direito. Se estava pensando, era em algo para lá de importante. Algo doloroso, sem dúvida. Permaneceu assim um longo instante. Então descerrou com cautela o maxilar e expirou profundamente; parecia ter chegado a bom porto. Notei que a terceira falange do indicador se tingia de vermelho. Ela então pegou um copo meio cheio – o meu – e, sem pressa, o esvaziou em cima de mim.

– Faz bem para as canelas – disse, devolvendo-me o copo.

Passei rapidamente em revista os métodos mais corriqueiros de se eliminar morenas de óculos e optei por um lento estrangulamento. O prazer é todo meu, tentei expressar com um sorriso. Nada iria afirmar, mais tarde, que eu tinha xingado a moreninha de *aborto de piranha*. Já eu, lembro muito bem ter friamente pedido rápidas explicações. Ela não respondeu, tentando pegar outro copo. Nada interceptou seu gesto, contendo-a a tempo. A moreninha berrou: "Vá cuidar da sua vida, mocreia". Gegê achou graça, o barman ficou preocupado, ao passo que a careca e os outros todos se mostravam perplexos, mas não muito. Esperavam a resposta de Nada, mas esta mal se moveu e não disse palavra. A moreninha, enquanto isso, arregalou os olhos e recomeçou a morder o punho. Sempre o da mão direita, e com mais raiva ainda.

Afastei instintivamente os pés. Gegê seguia rindo, quase soluçando. Parecia estar assistindo a outro filme. A julgar pelo espanto geral, ele não devia gargalhar com muita frequência. Nada era a única que não prestava atenção nele. Pensar, de repente, naqueles dois dividindo a mesma cama me deu um nó no estômago. Imaginei uma barbicha inclinada sobre um feto com cara de toureiro mexicano. Precisava parar de beber.

Já era tarde. As portas do bar estavam abrindo só para os íntimos. Nada e a morena tinham passado para a cerveja. De quando em quando, pipocavam perguntas sobre mim. Eram raras e sem interesse; só para eu não morrer de solidão. O interrogatório, na verdade, partia de uma visão de conjunto.

Menti do começo ao fim, e eles não acreditaram em nada do que eu disse. Parecia que já sabiam do essencial. Gegê... Estavam apenas conferindo o quanto de verdade havia nisso tudo. Tira ou mitômano? Nada, por fim, optou pela segunda hipótese. E eu, julgando estar a salvo, me permiti uma ou outra apreciação tendenciosa sobre o suposto povo de Seattle que eles não paravam de mencionar. Quais eram os objetivos? Que formas de luta? Revolução, antiglobalização – termos que só estavam claros para os estilistas classudos.

Eu não pensava realmente o que estava dizendo, só queria impressionar Nada, arrancá-la ao reino fantástico do P'tit Rouge e jogá-la nos braços acolhedores do real. Só por um instante. Porque, é bem sabido, pais são como peixe: não demoram a feder.

A música parou de repente. Levaram um século para mudar o disco; uma voz ressoou então na sala.

– Claro, ele agora está velho, cansado, e bêbado ainda por cima. Um desiludido de esquerda, o que mais ele poderia dizer!

A moreninha tinha movido a cadeira e estava bem debaixo da luz. Sua silhueta se recortava sobre o fundo enfumaçado da sala. Cabelo desgrenhado, faíscas nos olhos.

Todos olhavam para ela. Todos, menos Nada, que depois de trocar um olhar com Gegê – que já não ria, já não ria de jeito nenhum – tratou de lustrar cuidadosamente as partes metálicas do seu cinturão.

A morena tinha parado de brincar. Eu já andara me perguntando o que ela escondia por trás do semblante deliberadamente frívolo, por trás da linguagem crua que dava calafrios. Por algum motivo ignorado, eu a imaginava armada. E sabia que, se obrigada a tanto, nem por um segundo hesitaria em atirar.

Seria interessante passar em revista os demônios que a habitavam. Se acaso nos víssemos de novo, eu lhe perguntaria na lata. Ela decerto não responderia. Outra hora, ia escrever um poema sobre todas as moreninhas de óculos, evocando uma tempestade ao largo quando franziam as sobrancelhas. Mas agora o que eu queria era tornar a ouvir a voz de Nada, misturá-la com a minha, continuar e pôr finalmente as cartas na mesa. Com igualdade de armas.

Nada se dedicava agora às ombreiras da jaqueta. Tinha achado outra coisa para esfregar. Uma mania de quartel, sem dúvida, herdada do batalhão San Marco.

Gegê se mantinha meio à parte, olhar repleto de apreensão. Tínhamos todos bebido um pouco além da conta. Era ridículo continuar assim. Busquei as palavras certas. Queria acabar com ela antes que ela começasse a esfregar os botões, a ponta dos cadarços ou sei lá mais o quê.

A morena tocou no meu braço.

– Está chateado?
– Não é isso.
– O que é, então?
– Pensamentos!
– Você não tem cara de pensador.
– Você também não.
– Bem, voltando ao começo: está chateado?
– Não é isso.
– O que é, então?
– É ela.

A morena olhou para Nada, que estava às voltas com o primeiro botão.

—Você gosta dela?
— Depende.
— Depende do quê?
— Do que se tem na cabeça.
A careca, que afogara no vinho o ex-bebedor quieto, acompanhava nossa conversa com uma ponta de malícia. Em seu lábio inferior brilhava um piercing, e me perguntei se Nada já o teria lustrado.
— Você veio aqui para caçar?
— De certa forma.
— Tenho para mim que você daria mais sorte no McDonald's.
Gegê não perdia uma fala, Nada seguia esfregando, a careca e a morena começaram a rir e eu estava intrigado com o timbre esquisito da minha voz. Ouvi sair de minha boca:
— Acho que não.
— Não sei se continuo bebendo.
— Se não sabe, o melhor é evitar.
— Mas aí eu nunca vou saber.
— É, não tinha pensado nisso.
— Tem mais um monte de coisa que vocês não pensam.
— Vocês?
— Os veteranos...
— Que veteranos?
— Veteranos comunistas, veteranos revolucionários, guevaristas, a cambada toda.
— Todos mortos, né?
O barman tocou a sineta uma primeira vez. Ao terceiro toque, todo o mundo para a caminha.
— Não, não estão todos mortos. Alguns ainda saem à caça de moçoilas incautas, levando na manga o coringa do herói.
Nada cochichava ao ouvido de Gegê. Quanto mais a observava, mais me soava indecente a ideia de me aproximar e dizer, sem mais nem menos, "eu sou seu pai". Ela era tão estranha... toureiro mexicano demais para os meus padrões paternos.
O segundo toque da sineta não ia tardar.
A morena sorria, brincava com um copo vazio e curtia a minha angústia. Não entendia por que ela fazia tanta questão de se enfear, posando de dura na queda. Seus óculos de armação à antiga, aliás, nem combinavam com a personagem. Numa próxima, ia lhe dizer isso na lata. Mas agora...

– Você sabe onde ela mora?
– Sei.
– Preciso falar com ela, é importante, mas aqui é muito...
– Muita muvuca? Entendo, você tem família, e alguém pode te ver. Embora você não seja do tipo que mente para a mulher, claro! Isso nunca, não está nos seus hábitos. No contrato dos casais veteranos, tem aquele famoso artigo primeiro que diz: minha querida, meu querido, pelo nosso bem e pelo bem da revolução, a gente conta sempre tudo um para o outro, até as puladas de cerca. Estou errada? Sua discrição, portanto, é uma forma de respeito à Mulher. Não é difícil entender.

A sineta do barman interrompeu a enxurrada de palavras. Veio o cansaço, e eu ainda não tinha previsto um lugar para passar a noite.

– Você está por fora – disse, me firmando nos cotovelos para levantar.

Gegê era o meu último obstáculo. Quanto a ela, da próxima vez eu explicava.

– Mas como é que pode, será que você nunca entende nada?

Moreninha furiosa. Problema dela. Aquele jeito de dizer "vocês", também... Dia desses teríamos que conversar sobre isso. Levantei, olhos fitos em Nada.

– Deixe ela em paz, porra, não está vendo que os homens não são a praia dela?

Tornei a sentar.

– Como assim?

Capítulo 18

Do P'tit Rouge à praça Saint-Michel: em menos de duzentos metros, contei toda a minha vida para ela.

Para mim, um recorde. Mas, naquela noite, as histórias se desenrolavam sozinhas. Não havia o que explicar, era tudo inevitável. Um episódio após o outro, sem obstáculos de tempo, de espaço ou geração, como elos de uma corrente que nunca se quebra.

As ruas eram parcamente iluminadas. Ou seria o álcool me embaralhando a vista e me fazendo achar que a moreninha tinha mudado depois que saíra do P'tit Rouge? Seja como for, prestava tanta atenção no que eu dizia que às vezes se detinha, como se não pudesse andar e ouvir ao mesmo tempo.

Tínhamos, sem dúvida alguma, bebido além da conta.

Em certo momento, inclusive, enquanto eu falava de Nada, ela precisou se apoiar num carro estacionado para não cair. Tentei ampará-la. Ela recusou, mas me pediu, emocionada, para continuar. Por que raios eu estava contando aquilo tudo para ela?

Ao terceiro toque da sineta, algo estranho acontecera no P'tit Rouge. Como num passe de mágica, tinham todos mudado de lugar. Nada e Gegê desapareceram e, na confusão, dei comigo na rua sem nem saber como. Depois saí correndo atrás de um casal, achando que eram eles. Quando voltei, não encontrei mais ninguém. Raras vezes na vida me sentira tão idiota.

Um minuto depois, ela apareceu à porta do bar. Inflexível, a moreninha obrigara o barman a servir-lhe uma saideira. Ela me fitou com interesse. Eu devia estar com um ar tão abatido que, em vez de me insultar – como seria de se esperar –, ela se aproximou. A mão que pôs no meu ombro exerceu uma pressão igual à de minha mãe. Uma imagem alucinante.

Chegamos ao carro, um Corsa vermelho. Procurou a chave no bolso, deixou-a cair duas vezes antes de conseguir enfiá-la na fechadura.

Súbito, pareceu muito pálida. Hesitei em deixá-la sair sozinha, mas temia, ao mesmo tempo, criar uma situação ambígua. Nem pensar, essa menina podia ser minha filha.
— Você poderia dirigir, por favor?
Sua voz tremia, não discuti.
Comecei a rodar pelas ruas desertas de Bordeaux. Ela, vez ou outra, me mandava entrar à direita ou à esquerda. O resto do tempo olhava reto para frente, engolida pela noite.
Em certo momento, pareceu voltar a si. Tateou embaixo do banco, na parte interna da porta, até encontrar uma lata de 500 ml. Abriu-a. A cerveja espumou abundante em seus dedos, e ela pôs-se a emborcar avidamente.
— Você sempre bebe desse jeito?
— Só quando estou com um velho — sibilou, entornando meia lata numa talagada só.
O efeito do álcool, ou do seu gesto, foi imediato. Em menos de dois minutos recobrou a vivacidade.
— Está preocupado comigo?
Tinha tirado os óculos, e os deixara sobre o painel. Achei estranho, mas tive a impressão de que não serviam para nada.
— Não, — respondi — estava pensando em mim mesmo. O que é um velho para você?
— Alguém que faz de conta que se preocupa com os outros.
Com um segundo de atraso, juntei meu riso ao dela.
— Fale mais — disse ela, enquanto entrávamos na perimetral.
— Por quê?
— Estou precisando de um lastro.
— Um lastro?
— Vamos, fale.
Recomecei a falar. De mim, do meu medo súbito de viver as emoções como eu sempre tinha feito e, podia jurar, todo mundo devia fazer. Da minha súbita necessidade de proteção, evitando o que ameaçava minha integridade, adiando o *instante* em nome do *depois*. Contei-lhe também que *depois* era um termo que Silvana detestava e que, se ela estivesse ali, me daria umas bofetadas. Disse-lhe que tinha cortado todas as pontes por achar que tinha asas. Resultado: tinha acabado, nos últimos anos, mendigando um número de segurança social. Declarei que era um problema genético: faltava na nossa família o gene da identidade, ou do reconhecimento, como dizem os psicólogos. Meu pai passara

a vida esperando sua pensão de ex-combatente. Não era só o aspecto financeiro que o interessava, mas o pedaço de papel que atestaria definitivamente sua existência na sociedade. Uma luta de vida inteira, até que um dia resolveu lhe dar um fim, brutalmente, cometendo um ato extremo que tinha aberto os meus olhos.

Percebi que ela sorria. Não o mesmo sorriso que no P'tit Rouge, era um sorriso vindo de longe. Minhas últimas palavras me morreram na garganta. Não era para a moreninha que eu queria contar tudo isso.

– Sabe de uma coisa? – fez ela bruscamente.
– Não, não sei.
– Você não sabe mesmo de nada.
– Admito.
– Como foi que reconheceu Nada?
– Foi Gegê quem contou.
– O Gegê se acha muito inteligente.
– Problema dele.
– Nem sempre.
– O que quer dizer?
– Nada. Pegue a próxima saída. Fiquei pensando nessa história de documentos. Eu também tenho uma obsessão desse tipo. Faz anos que só penso nisso.
– Como assim?
– Me conte primeiro como foi que seu pai se livrou dela.
– Disparou dois tiros na sede da Previdência e foi tranquilamente para a cadeia.
– Que massa! E ficou preso?
– Ainda vai ficar por um tempo, e ele tem quase oitenta anos.
– Você tem tido notícias?
– De vez em quando.
– E o que é que ele diz?
– Que está muito bem.
– Que massa! Eu sempre achei que a solução era dar um tiro. Me deixei prender três vezes, feito uma idiota. Mas isso foi antes. Agora eu sei como fazer.
– Três vezes?
– Na última vez, pus fogo no meu passaporte dentro de uma prefeitura. Parece que é muito grave.
– Pôs fogo...

– Sim, reduzi o passaporte a cinzas, para salpicar na cara de todos os babacas que estavam ali.
– Entendo.
– Não diga besteira. Verdade é que os documentos são uma obsessão nossa em comum, mas estamos em direções opostas. Você e o seu pai fazem isso para existir, e eu, para sumir.
– Sumir... Entro à esquerda ou à direita?
– Reto em frente. Apátrida significa alguma coisa para você?
– Você quer dizer que armou esse barraco todo na prefeitura para conseguir um... um negócio de apátrida?
– Perfeitamente.
– Mas isso não existe. Você, no máximo, pode ir dar uma de clandestina no Afeganistão, mas se os americanos te pegam, te entregam para a embaixada francesa e, em dois tempos, lá está você azul-vermelho-e-branco[1] de novo.
– Não sei se é bem assim. Você, por exemplo, tem uma nacionalidade?
– Não, não tenho mais, mas isso é por causa das minhas histórias na Itália. Sem falar que peguei prisão perpétua.
– Então, está vendo como é possível?
Ela estava começando a me dar nos nervos.
– Não tem nada a ver. O objetivo não era esse!
– Por isso é que vocês todos são ex-combatentes. Não têm objetivos claros. Imagine: o senhor revolucionário está indignado porque, depois que lutou contra o Estado, tiraram sua nacionalidade!
– Deixe de besteira. Olhe, um farol...
– Siga em frente. Já eu, não quero o passaporte de um país de merda com um programa político baseado em racismo e repressão. Quando um governo se nega a dar documentos para os imigrantes, joga esses imigrantes na cadeia e os deixa morrer por lá, todos os cidadãos não fascistas deviam queimar seus documentos. Apátrida quer dizer isso!
– Mas, para quê?
– Para ir à conquista do Oeste. É lá que tudo se decide.
– Você é engraçada... Até parece que é simples assim!
– Eu também queria achar graça. Você tem algum conselho para me dar?
– Sigo reto em frente?
– Sim, não tem como errar.

---

1. Trata-se das cores da bandeira francesa. (N. T.)

– Afinal, você mora onde?

Apesar da firme solidez de suas pedras, Bordeaux não resistiria por muito tempo à investida das videiras, que já galgavam as ladeiras das ruas da periferia. Já vinham subindo as encostas, se esgueirando nos pátios baldios das fábricas abandonadas, seguiam caminho beirando os canais de escoamento e ressurgiam no meio das calçadas rebentadas. De fresta em fresta, o vinhedo avançava rumo ao coração da cidade.
Rodávamos na direção oposta, reto em frente.
Sem os óculos, a menina dava a impressão de nunca os ter usado. Suas faces levemente salientes e suas feições arredondadas tinham um quê de asiático. Mas ela não viera de tão longe.
A cada vez que cruzávamos um farol, ela aproveitava para me observar. Não havia em seu olhar nenhuma provocação, apenas curiosidade. Notei que ela tinha uma covinha no queixo, achei comovente.
A luz giratória da polícia surgiu atrás da curva, na saída de um povoado. Estavam parados à beira da estrada: faróis acesos, placas sinalizando o perigo, grade de segurança amassada, acidente.
Reduzi demasiado a marcha para o gosto do policial. O qual, em vez de fazer sinal para eu prosseguir – como costuma ser o caso –, me apontou o acostamento. Ainda nem tinha puxado o freio de mão e já me imaginei acordando numa cela de segurança máxima. E depois, sempre a mesma coisa, um dia inteiro esperando o fax do ministério e a cara frustrada dos policiais tendo que soltar o peixe grande. *"Stessa acqua, stesso mare"*, como diz a música[2].

A moreninha escondeu depressa a latinha vazia debaixo do banco. Abri o vidro.
– Carteira de habilitação e documentos do carro, por favor.
A frase é universal, e também a cara dos policiais. O nosso estava a dois dedos da aposentadoria, sem ter que disparar dois tiros no teto para consegui-la. Inclinou-se para dar uma olhada dentro do carro, mas, quando sentiu meu hálito, ergueu-se de chofre, indignado.
A moreninha desceu rapidamente do carro. Entregou os documentos para o guarda e começou a discutir.

---

2. Parte do estribilho de uma conhecida canção italiana dos anos 1960. *"Stessa acqua, stesso mare"*: mesma água, mesmo mar. O que significa: "como de hábito".

Vi o guincho chegar, tirar o carro caído no barranco e ir embora. Enquanto isso, os outros policiais tinham concluído sua parte e recolhido as placas de sinalização. Estavam prontos para ir embora. A moreninha continuava falando.

O guarda acabou capitulando:

– Compreendo, moça. Mas agora, você que está sóbria, faça-me o favor de assumir o volante e despache aquele ali direto para a cama. Estamos combinados?

Não trocamos palavra durante algum tempo. Andávamos a menos de sessenta, mas a garota, ao volante, se concentrava para valer. O que muito me alegrava. Só um policial à beira de se aposentar e já no fim da ronda noturna para confundir um delírio etílico com atestado de sobriedade.

Os faróis iluminavam, por trás das cercas, troncos descarnados. A estrada agora seguia reta entre as manchas escuras dos pinheiros-mansos. Fui tomado por uma estranha sensação de tristeza.

– Reto em frente? – perguntei, para espantar a melancolia.

– Mais ou menos – respondeu ela. – Tem que saber contornar os obstáculos.

– O que foi que você disse para o coitado do guarda?

– Que você era meu pai.

– Não parece ser um motivo suficiente para ele deixar a gente ir embora.

– Também contei a história de Nada.

– Quê?

– Sim, contei até ontem à noite, até o momento em que ele reencontra a filha, ou seja, eu, vinte e cinco anos depois, num bar. Mas não no P'tit Rouge, ele conhece a fama. É claro que omiti o aspecto... político, digamos, da sua trajetória. Eu nunca tinha visto um tira comovido. É revoltante.

– Você não devia ter feito isso.

– Por quê?

– Não gosto de brincar com essas coisas. Você não é Nada.

– Quanto mais eu olho para você, mais custo a acreditar que, com uma cara dessas, você tenha tentado mudar o mundo.

Suas palavras tinham a força de uma bofetada. Nunca me sentira tão humilhado. Expropriado de minhas próprias lembranças por uma moleca que, ainda por cima, estava dirigindo sem óculos.

Maneirei o tom:

– Você pelo menos sabe para onde está indo?
– Reto em frente – disse ela, arremedando um sorriso.
Era uma boa garota, sem dúvida. Bem mais madura do que aparentava. Mas será que isso era vantagem? Podíamos até ter discutido a questão, se minha cabeça se dispusesse a aceitar outro assunto além de Nada. Ponderei antes de perguntar:
– Você me faria um favor?
– Depende.
– Se falar com Nada antes de mim, não conte nada para ela. São assuntos de família, coisas entre pai e filha, entende?
– Não se preocupe, não vou dizer nada. Só que, agora, até a polícia nacional está sabendo. Veja a copa das árvores – está quase amanhecendo!
– Não é motivo para você acelerar.
– É, sim. Quer saber? Acho esquisito você não me perguntar sobre ela. Tem medo de saber mais do que queria?
Era exatamente isso.
– Não vejo o que poderia descobrir de tão assustador.
– E se ela fosse gay?
Para essa eu estava preparado.
– Nunca tive nada contra.
– Mas também não é a favor.
– Defender espécies ameaçadas de extinção nunca foi minha praia.
– Me soa meio frágil esse argumento. Você poderia se esforçar mais. Sei lá, dizer que na vida o importante é aproveitar, por exemplo, e que para isso vale qualquer coisa.
Virei-me para olhar o bosque. A noite começava a esvaecer, dando a entrever aqui e ali fileiras regulares de pinheiros. Em algum lugar, a oeste, devia estar o mar.
– Você a conhece bem?
– Da vida inteira.
Ela, de repente, parecia triste. Fiquei pensando se entre Nada e ela já tinha havido mais do que uma simples amizade. Me deu vergonha e, para consertar:
– Você conheceu a mãe dela?
– Só de vista.
– Você não frequentava a casa dela?
– Sim, muito, mas nunca entendi o que se passava na cabeça dela.
– Quer dizer que ela não se comunicava?

– Comunicava, do jeito dela. Sabe, ela era dessas pessoas que acham que estão fazendo um carinho mas estão dando um tapa na cara, que querem você por perto mas não te suportam.
– Você não está exagerando?
– Isso era o que Nada dizia.
– Ela tinha... amigos?
– Um homem, você quer dizer? Tinha um, sim. Um italiano pouco mais velho do que você. Ele vinha de Paris, ficava uma ou duas semanas, no máximo, depois ia embora. Nada era muito apegada a ele, acho que até mais do que à própria mãe. E então, um belo dia, ele sumiu do mapa. Foi quando ela resolveu ir embora.

Tentei descobrir mais. Ela ficou agressiva.
– Se quiser saber mais sobre mães, avós e etecetera, não é para mim que tem que perguntar.
– Só uma última pergunta, que só tem a ver com Nada. Ela vive do quê?
– Da raiva dela.

Imaginei Nada e todos os clientes do P'tit Rouge mastigando avidamente sua dose de raiva. Engoliam largos bocados, que ajudavam a descer com um copo de vinho. Mas a raiva refluía o tempo todo para a garganta, numa eructação azeda que se espalhava pelos caminhos do mundo. O inferno era a única digestão possível, disso eu entendia. A raiva tinha me sustentado e sustentado muita gente antes de mim. Era o sustento dos oprimidos. E Nada, era uma oprimida?

A moça de cabelos pretos olhava para mim com um jeito estranho. Julguei ver uma pergunta em seus olhos: e você, vive de quê?

Mudei de imediato o rumo dos meus pensamentos.

Ela entrou à direita numa encruzilhada. Atravessamos um centro habitado e seguimos em direção ao Grand Crohot. Sentia-se a presença do Oceano. Os clarões do dia inflamavam o céu com rastros cor de púrpura. A garota trocava a marcha o tempo todo, na estrada ainda deserta. Já não havia em seus reflexos nenhum sinal de álcool. Seus olhos brilhavam. Os óculos jaziam sobre o painel de bordo. Ela acompanhou meu olhar e adivinhou minha pergunta.

– São de mentira.
– De mentira...
– Está na moda.

Eu ia objetar qualquer coisa, ela pisou no acelerador.

Uns dez quilômetros depois, enquanto meus olhos já se fechavam, a moreninha entrou a toda num estacionamento no meio dos pinheiros. Seguiu as alamedas o mais longe possível e então freou de repente, desligou o motor e abriu a porta. Antes de descer, me mostrou uma duna de areias brancas que se erguia à nossa direita.

– Temos que subir lá em cima.

Balancei a cabeça. Estava exausto, só o que queria era dormir. Disse que a noite tinha sido longa demais para mim.

Vi que ela esticava os braços para cima e desaparecia atrás de uma moita. A ilusão de poder enfim cerrar as pálpebras durou pouco. A porta se abriu bruscamente, agarrei-me no banco para não cair do carro. Ela estava ali de pé, uma mão na maçaneta, a covinha do queixo toda sorridente.

– Você sabe qual a diferença entre um vivo e um morto? Um deles quer que a noite nunca acabe, e o outro simplesmente espera pelo fim.

– Para poder começar tudo de novo – suspirei, descendo do carro. Mas não tinha bem certeza de qual dos dois era o morto.

Capítulo 19

Para chegar mais depressa ao alto da duna, a garota de cabelo moreno escolheu a vertente mais íngreme. Cerrei os dentes e me lancei em seu encalço. A areia leve lembrava os grãos claros do deserto de Sonora, em que os pés às vezes afundam até as canelas e é melhor evitar as subidas.

A garota avançava sem se deter.

Eu a segui honrosamente até meia-encosta, quando comecei a me perguntar por que estava fazendo aquilo tudo. Ela decerto tinha excelentes motivos para subir até lá em cima, mas eu já não lhe seria mais de nenhuma ajuda. Quando o cansaço me dava um momento de trégua, sentia-me meio ridículo ali naquela duna, àquela hora, e com a melhor amiga da minha filha.

Ela seguia galgando a encosta, usando as mãos quando necessário.

Alguns metros adiante, deve ter notado que eu já não vinha mais atrás e se virou. O céu tinha clareado, já dava quase para nos olharmos nos olhos. Nos dela, enxerguei medo. Me encolhi dentro do casaco. O frio da manhã me penetrava até os ossos. Ao longe, para lá do pinheiral, o sol, ameaçado por um bando de nuvens baixas, mandava sinais de socorro que coloriam a crista das dunas. Minha sensação, porém, era de que algo mais impelia a garota lá para cima. Essa intuição, além do frio, foi que me causou arrepios.

Ela transpirava como se fosse meio-dia.

— Vamos — chamou, em voz suplicante — estamos quase chegando.

Eu não queria, mas seria incapaz de dizer não. Havia, lá em cima, algo tão importante para ela que quase me ofendia. Pensando melhor, concluí que um sentimento inexplicável só podia ser um falso sentimento. Puxei da areia primeiro um pé, depois o outro. Afinal, o topo já não estava tão longe.

Chegamos juntos. Eu já não conseguia enxergar direito, enquanto ela seguia avançando a passos rápidos. Havia algo de selvagem na maneira como tratava o próprio corpo. Na hora, pareceu-me natural uma garota assim ser amiga de Nada.

Ela imediatamente se pôs a correr pela crista, sabia para onde estava indo. Antes de sumir atrás de um calombo, virou-se para ver se eu vinha atrás. Corria sem flexionar os joelhos, como as galinhas. Essa visão de início me pareceu curiosa, e depois, familiar. Para lá do calombo, dava para ouvir o murmúrio do mar. Ocorreu-me então que em Paris, com aquela confusão toda de seguridade social e outras encrencas, eu acabara me esquecendo do cheiro do iodo.

Foi minha vez de sair correndo.

Depois de uma série de aclives e calombos, me vi numa baixada. Nem de um satélite se tinha uma vista daquelas. A garota estava deitada de bruços. Cotovelos afundados na areia e o queixo sobre os punhos. Seu olhar se perdia na extensão prateada no Oceano.

Me acerquei com cautela.

O silêncio era tanto que dava para ouvir o ranger da areia fina sob meus passos. Não havia um sopro sequer de vento, nenhum pássaro no céu. Até as ondas, vistas de cima, pareciam imóveis. Lembrei a história do sujeito que estava olhando para um quadro e, de repente, acabou dentro dele: parte integrante da paisagem, imóvel pela eternidade. Só seus olhos continuavam vivos.

Tornei a sentir calafrios. E desta vez, sem mais dúvida nenhuma, o frio não tinha nada a ver com isso.

– O que está olhando?

Fiz a pergunta gritando, queria sair do silêncio, quebrar o quadro pendurado na parede antes que fosse tarde demais.

– O sol – respondeu ela.

O céu de fato estava riscado de vermelho e amarelo. Mas eram apenas reflexos. Se o que ela queria era ver o sol nascer, estava olhando na direção errada.

Foi o que lhe disse, sem muita convicção.

Ela não respondeu, respirava profundamente. Quando virou para me olhar, vi seu rosto riscado de lágrimas.

Senti, sem saber por que, que caíra numa armadilha.

Ela notou meu mal-estar e se sentou, pernas cruzadas, semblante voltado para o mar. Sem os óculos, parecia outra.

Sentei-me por minha vez.

Ela avaliou a distância entre nós.

— Vai continuar sendo um ex-combatente pelo resto da vida — disse, num tom falsamente enojado.
— É o que estou começando a achar — respondi. — Mas não estava totalmente de acordo.
— O sol nasce a oeste. Vem nascendo a oeste faz séculos, mas vocês são tão teimosos que continuam esperando por ele a leste.
Ela me observou fixamente. Vendo que eu não entendia, prosseguiu:
— É a segunda vez que eu venho aqui. A primeira, foi há vinte anos, nesta mesma hora. Estava com a minha mãe. Ela me trouxe nas costas e, quando me pôs no chão, bem aqui onde estamos, eu ainda estava meio dormindo. Estava com frio. Ela então me pegou no colo e disse que o sol logo ia nascer, e ia ficar tudo bem. Aí, o sol apareceu. Primeiro, inflamou o mar, depois aqueceu a areia das dunas. Os insetos acordaram todos juntos, as ondas voltaram a afagar a praia. Nada mudou desde aquele dia. A não ser que minha mãe morreu.
— Morreu.
— É. As pessoas que sabem que o sol nasce a oeste não vivem muito tempo. É a lei.
— A lei de quem?
— A lei do Oeste, a mais forte. Está me achando louca, é?
Eu, de um olho, contemplava o mar, e de outro, espreitava um movimento qualquer de vida nos grãos de areia. Se a moreninha soubesse da minha relação com a loucura, não se preocuparia com tão pouco.
Foi quando irrompeu o dia. Simultaneamente, céu, areia e mar se puseram em movimento. A moldura se quebrou e o quadro ganhou vida. O eco cortante das ondas rebentando na praia subia pela duna e mergulhava no escuro dos seus olhos. Uma gaivota gritou lá no alto.
Devagar, como se estivesse com os ossos quebrados, ela deitou de costas. O sorriso que estirou seus lábios era fruto de pensamentos distantes.
Ela ergueu levemente a cabeça:
— Se bem que os ex-combatentes também deveriam saber que a linha de frente fica a oeste. Maio de 68 acaso não começou em Berkeley, na Califórnia?
Respondi que achava que sim. Ela alçou uma sobrancelha, com ar de quem sabe muito do assunto. Então, bem baixinho:
— Não vá embora, fique por aqui.

Ela agora estava dormindo, mas a súplica ainda soava em meus ouvidos, mais forte do que o som do mar e da terra. Vi que ela virou de lado e se encolheu no fino pulôver de lã. Tirei o casaco e o pus sobre ela. Do bolso, caiu o guardanapo branco do P'tit Rouge, esse em que Gegê brincava de adivinho. Tinha sido poucas horas mais cedo, e já parecia tão longe. Desdobrei o guardanapo. No canto, se lia: "Com igualdade de armas". Eu não tinha reparado. Tinha, decerto, levantado muito copo.

Senti, de repente, os apertos da fome. Há quanto tempo não ingeria algo sólido? Na mochila que tinha ficado no carro, havia um pacote de croissants e suco de laranja, que eu comprara para a viagem no supermercado de Saint-Macaire e continuavam intactos. Abrigada por meu casaco, a moreninha dormia calmamente. Pensei que seria uma boa ideia ela ter croissants para comer quando acordasse. No alto da duna!

Olhei lá embaixo, a perspectiva de descer e tornar a subir não me atraía especialmente. Mas se a mãe dela tinha subido até ali com ela nas costas, bem que eu podia lhe trazer um café da manhã.

Despenquei aos pulos encosta abaixo.

Caí, rolei, levantei e continuei correndo perdidamente, a areia fresca da manhã penetrando por tudo.

Estava feliz.

Ela tinha deixado o carro aberto e a chave no painel. Até o documento do carro estava bem à vista. Peguei-o, a carteira de motorista estava junto. Eu nem sabia o nome dela. Olhei a carteira. A foto devia datar de alguns anos, mas o olhar sonhador e a covinha no queixo eram os mesmos.

Sobrenome... Arregalei a boca, mas o ar não entrava. Saturado da resina dos pinheiros, o oxigênio tinha virado sólido e caía no chão qual chuva de perolazinhas brilhantes.

A vertigem não durou muito, mas teria caído se não me segurasse na porta do carro. Minha visão, aos poucos, foi clareando. Peguei de novo a carteira de motorista e reli: sobrenome, Nirfo; nome, Nada; nascida em Saint-Macaire em... Prematura.

Com armas iguais.

Em clima de euforia e estupor, o mundo recomeçou a girar. Devagar, me lembrei dos croissants, da mochila que estava no porta-malas, junto a uma sacola de lona em que sobressaía uma raquete de tênis. Silvana também gostava de jogar tênis. Eu vivia caçoando dessa paixão, costumava dizer que era um esporte burguês de merda. Mas não era o que eu pensava. Até lhe dei de presente, uma vez, uma raquete de marca que achei num carro roubado.

Emocionado, perguntei-me se mãe e filha tinham tido a oportunidade de jogar juntas, pelo menos uma vez.

A primeira coisa que vi ao abrir o porta-malas foi uma pálida meia soquete toda enrolada. Só podia ser uma meia sem par. A sacola esportiva estava caída de lado; ao ajeitá-la, achei-a excessivamente pesada. Me senti meio voyeur ao abrir o fecho, mas não resisti à tentação. Queria sentir o cheiro, comparar com o de Silvana quando voltava de um jogo molhada de suor. Vinte e cinco anos e oito meses para recuperar.

Mas o cheiro que me pulou no rosto foi o de graxa de limpar armas. Quem já usou, mesmo que só uma vez, e não para caçar passarinho, não esquece esse fedor tão cedo.

Minhas mãos puseram-se a tremer. O cabo da raquete fora colocado de forma a sair da sacola. A qual, na verdade, continha uma pistola semiautomática e várias caixas de munição. Tudo bem embrulhado em uns panos empapados de graxa.

Minha primeira reação foi pôr tudo de volta no lugar e me afastar do carro. Uma provocação. Documentos falsos da moreninha, que na verdade era um tira. O tão esperado pretexto para me extraditar para a Itália, a armadilha.

Parecia óbvio: quem mais passaria uma noite como aquela com uma sacola daquelas no carro? Ziguezagueando entre os troncos escuros dos pinheiros-mansos, cheguei inclusive a achar que era mesmo Nada, que ela era da polícia e se infiltrara entre os clientes do P'tit Rouge para se vingar de um pai que a tinha abandonado.

Parei para refletir. É o que fazem os coelhos quando a sensação de que não há caça nem caçadores torna inútil sua corrida. Eles então se erguem sobre as patas traseiras para perscrutar o silêncio. Pobres bichos, que bobos não devem se sentir!

Voltei devagar sobre meus passos. O lugar não fervilhava de uniformes, ninguém gritou "Alto lá!", nem sequer havia um mendigo para pegar a arma e atirar na própria perna.

Abri o porta-malas e peguei a sacola. Vinte e seis anos depois, o peso das armas já não era o mesmo. Andei alguns metros pelo mato, cavei com as mãos um buraco no chão arenoso e joguei tudo lá dentro.

Escoltado por um esquilo que, nem um pouco assustado com a presença de um velho subversivo, pulava de galho em galho, saí do mato.

O sol, vestindo um banco de nuvens na cabeça, partia à conquista do Oeste.

Eu podia ter esperado por ela, tê-la ajudado a lamber as feridas, mas a sensatez nunca foi meu forte. Ergui os olhos para o alto da duna, balancei o pacote de croissants dormidos e me armei de esperança.

Capítulo 20

Quando eu era pequeno e me contavam histórias, havia palavras que eu não entendia. Eram histórias complicadas, sem fim, que aconteciam com os adultos. Às vezes eu me agarrava ao som da voz deles, e nem tiros de canhão me fariam soltá-la. Explorei, assim, intermináveis campos de batalha, repletos de uniformes sangrentos e desconhecidas bandeiras. Os mortos se levantavam para atirar uma última vez em seus companheiros de armas, antes de serem soterrados de vez por outra onda de mortos.

Entre os sobreviventes, alguns voltavam à noite para casa e faziam amor. Como Yo Svanvero, que errava frequentemente de cama, mas o que vale é a intenção. Outros, como meu pai, esperavam a lua cheia para agir, porque era preciso vigor para entrar num galinheiro e sair ileso. À maioria, àqueles que, por pudor, nunca fazem nada, a mãe miséria discretamente tomava sob suas asas.

Dizia-se antigamente que, para quem está por baixo, não é fácil subir de volta a ladeira. Eu, no entanto, não achava assim tão complicado: de um lado estavam os amigos, do outro, os inimigos. Está certo que uns eram pobres e os outros, ricos, mas isso não dependia de mim. Era só dizer para o pessoal da frente que já estávamos cheios de ser sempre os inimigos. Onde estava o problema? Em outro lugar. Sempre que os adultos começam a buscar seriamente, descobrem que o problema está em outro lugar.

Mas isso eram histórias que se contavam lá, à noite, em volta do fogo, para lembrar aos pequenos que eles um dia iam ficar velhos, e outros viriam para reavivar o fogo. Com o risco de se surpreenderem com chamas mais altas do que o previsto, que podiam queimar a casa, os campos, as galinhas, a sede do partido, as tabernas de Bordeaux e as pradarias do Oeste.

Histórias que andam de mãos dadas.

Ergui novamente os olhos, e a duna, radiante, se inclinou.

1ª edição agosto 2015 | **Fonte** Horley Old Style MT
Papel Pamo 70g | **Impressão e acabamento** Yangraf